PHYSIOLOGIE
DU POËTE,

Par SYLVIUS

Illustrations de DAUMIER.

PARIS

J. LAISNÉ, ÉDITEUR, GALERIE VÉRO-DODAT

AUBERT ET Cie, Place de la Bourse | LAVIGNE, Rue du Paon-Saint-André

1841.

Par Edmond Texier.
Voy. son Histoire des Journaux.
Biographie des Journalistes, p. 235.

BIROUSTE

PHYSIOLOGIE
DU POËTE,

PAR SYLVIUS,

illustrations

DE DAUMIER.

PARIS.

JULES LAISNÉ, ÉDITEUR, PASS. VÉRO-DODAT.

AUBERT ET Ce, Place de la Bourse. | LAVIGNE, Rue du Paon Saint-André.

1842.

Paris. — Typ. Lagrampe et Comp. rue Damiette, 2.

INTRODUCTION.

Je ne sais plus quelle voix glapissante s'est écriée un beau matin : *La poésie s'en va.*

Il est fort possible que la poésie s'en aille, ou s'en soit déjà allée ; je suis même assez de cet avis ; mais à coup sûr les poëtes arrivent.

Nous avons aujourd'hui les instruments moins l'inspiration, l'orchestre moins la musique.

Il est bien certain qu'en ce siècle de progrès où les wagons des chemins de fer vont aussi vite que les coucous, nous avons inventé beaucoup de choses, les chartes, les religions, le bitume et les fortifications de Paris; mais nous avons entièrement négligé de confectionner des poëmes comme la *Divine Comédie*, et des drames comme *Hamlet* et *le Cid*. Il faut même dire pour être justes, que la colère de *Phèdre* et les plaintes d'*Iphigénie* n'ont pas été entièrement étouffées par les hoquets de la muse nouvelle et les rugissements du drame moderne.

C'est un fait triste à constater, mais il existe. En revanche, nous avons des trottoirs de six pieds de large, des becs de gaz dorés, des bornes-fontaines en abondance et des rues de plus en plus tirées au cordeau.

Si j'avais le moins du monde la prétention d'être un homme sérieux, j'intercalerais ici une tirade philosophique à effet sur les envahissements de l'industrie; mais je ne suis pas encore assez laid et assez chauve pour cela.

Cependant, malgré le développement de l'industrie et de la politique, ces deux ennemis de l'art pur, les poëtes se multiplient comme les pains de l'Evangile. Avec un poëte, on en fait mille.

Il y a deux mille ans à peu près, Cicéron jeta

dans la circulation un petit paradoxe qui a fait convenablement son chemin : *Nascuntur poetæ fiunt oratores*. Si l'on veut se donner la peine de vérifier le petit nombre de nos orateurs comparativement avec le grand nombre de nos poëtes, on verra qu'il faut retourner le proverbe de l'avocat romain.

Aujourd'hui chacun est un peu poëte pour être comme tout le monde. — On se fait poëte comme on a la croix-d'honneur, pour ne pas se distinguer.

Il va sans dire que tous les poëtes ont du génie : c'est ce qui fait que la poésie est morte ; mais les poëtes se portent bien.

Le poëte naît partout, à Pontoise et à Pézenas, ce qui n'empêche pas qu'après sa mort, sept ou huit villes se disputent l'honneur de ne lui avoir pas donné le jour.

M. de Balzac, dont je suis loin de contester l'immense talent, et qui d'ailleurs vient de trouver, assure-t-on, la pondérabilité des idées, M. de Balzac est arrivé à la découverte d'un système dont l'application simplifie singulièrement l'épineuse question de savoir si l'on est ou si l'on n'est pas un grand poëte ; selon lui, tout ce qui est né au delà de la Loire a du génie ; tout ce qui a eu le malheur de recevoir le jour en deçà, n'en a pas : *Sic voluere fata*. Ce qui fait que le talent et le crétinisme se partagent la France en deux parties égales. D'après ce système ingénieux, l'extrait de naissance serait la véritable pierre de touche du génie. Nous sommes fâchés que la position géographique de notre ville natale ne nous permette pas de partager les sérieuses convictions du plus fécond de nos romanciers.

En écrivant la *Physiologie du Poëte*, l'auteur n'ignore pas qu'il répond à un besoin généralement senti. On veut connaître, en effet, ce que peut être cet ibis égyptien, ce fossile, ce mastodonte, cette momie rétrospective qui s'obstine à chanter sur la lyre de grandes ou de petites choses, quand le public se fait de plus en plus bourgeois et ne songe plus qu'à écumer son pot-au-feu.

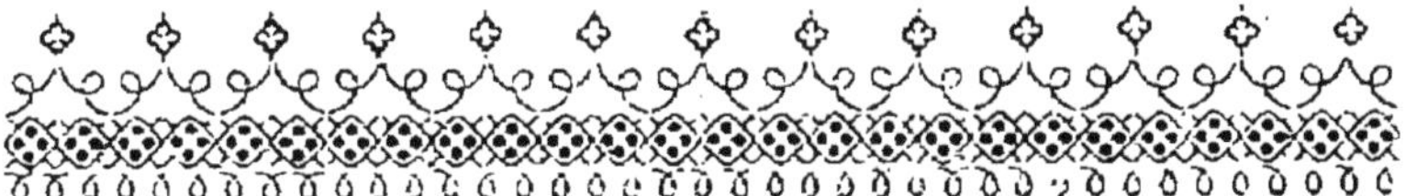

LE POETE OLYMPIEN.

—

SON berceau fut un Sinaï. Il est né par un soir d'orage, entre un éclair et un coup de tonnerre. Les éléments déchaînés accueillirent son entrée dans la vie. Le ciel se voilà d'un crêpe funèbre; la mer, furieuse, se cabra, cavale écumante, sous l'éperon de la tempête; et la terre, ébranlée, annonça au monde et à la banlieue qu'un grand homme était venu.

Dés qu'il put bégayer, il récitait des vers qu'il avait improvisés dans le ventre maternel. A la pousse de sa première dent il faisait une ode pour éterniser cet événement mémorable. A cinq ans, il préparait, en mangeant une tartine de confiture, le plan d'une réforme littéraire. A dix, il traitait son père de perruque.

Tout le monde n'est pas appelé à remplir le rôle difficile de poëte Olympien. Cette variété dans le genre est très-rare, Dieu merci! Le poëte Olympien voudrait vivre seul sur les débris du monde. La terre et l'espace lui manquent. Tout ce qui grouille autour de lui d'êtres humains lui enlève une parcelle de cet air dont il a tant besoin pour son immense poitrine. La multiplicité de ces astres étincelants amènerait au firmament de la littérature des secousses terribles; et, du choc de deux planètes olympiennes, jailliraient, en forme d'étincelles, des myriades de volumes à couverture beurre frais. — Prix : 7 fr. 50 c.

Voici le signalement du poëte Olympien.

Chevelure Apollonienne ;
Front Shaksperien ;
Nez Cornélien ;
Bouche Ronsardienne ;
Menton Byronien.

Signes particuliers : Le ruban de la Légion-d'Honneur.

Le poëte Olympien a le plus profond mépris pour tout ce qui n'est pas l'*art;* l'art, ce magique substantif qui veut dire tant de choses. C'est lui qui a inventé cet aphorisme si connu, l'*art est un sacerdoce*, mot sublime qui ne signifie absolument rien, et qui est destiné à vivre dans la mémoire des contemporains, à côté de la réponse de Cambronne, et de cette autre réponse de M. de Châteaubriand à un célèbre épouseur. L'Olympien a biffé le passé d'un trait de plume ; il a décrété, dans l'omnipotence de son génie, que tout ce qui avait été fait avant lui était considéré comme non avenu, et que l'histoire n'avait jamais existé. La religion, la philosophie, la politique, la littérature, sont nées le même jour et à la même heure que lui. Parmi les royautés décapitées de notre littérature, le buste de Ronsard, ce génie contesté, est seul resté debout sur son socle problématique. Assis sur les décombres du passé, l'Olympien a versé sur le présent la

rosée de son génie en pluies de drames, en

avalanches d'odes, en cataractes de romans, en averses d'in-octavos verts, jaunes, rouges, bleus, de toutes les couleurs. La première olympiade date de 1825.

L'Olympien a surtout, et par-dessus tout, une horreur profonde pour *le bourgeois*, parce que le bourgeois ne le comprend pas; aussi cet infortuné bourgeois du dix-neuvième siècle a-t-il été passé par l'Olympien au fil des épithètes les plus mal sonnantes. Il a partagé avec Racine l'honneur de se voir traiter de polisson, de stupide et de crétin. Ce qui fait que Racine et le bourgeois se portent mieux que jamais.

L'Olympien a une vieille garde comme Napoléon, et des séides comme Mahomet. La vieille garde se compose de collégiens de dix-sept à dix-huit ans, qui, après avoir échoué dans les thèmes et les versions, ont pris le parti de cirer les bottes du maître et de parfumer son atmosphère de stances bibliques et de dithyrambes échevelés. Les séides, placés en embuscade derrière un journal, font le coup de feu sur ceux qui tenteraient d'embarrasser, par des hémistiches récalcitrants, la route du prophète. Hosanna au haut des cieux, et paix sur la terre aux claqueurs de bonne volonté!

C'est surtout aux premières représentations des pièces d'Olympio qu'il faut voir la vieille garde imberbe, et les séïdes chevelus, s'agiter dans des trépignements féroces, et insulter les spectateurs qui ont l'outrecuidance de rester froids devant des beautés absentes et des sublimités invisibles. Postés au parterre, à l'orchestre, aux premières galeries, au cintre, ils chauffent, dans d'indicibles contorsions, un enthousiasme impossible. A une de ces représentations, un vélite inexpérimenté, qui avait trop présumé de sa force, se prit à faire le coup de poing avec un Monsieur aux épaules robustes, qui le précipita des premières loges dans une contre-basse. Olympio, averti de cette culbute aérienne, ne s'informe pas si son défenseur est mort ou blessé, et laisse tomber ces remarquables paroles : *Je n'attendais pas moins de son dévouement.* Le néophyte, à qui l'on rapporte cette réponse impériale, se relève furieux, prend une clef forée et passe à l'ennemi.

A la fin de cette même représentation, la jeune garde et les séïdes, au nombre de cinquante, se rendent spontanément chez Olympio pour le féliciter, leur enthousiasme immodéré ne leur permettant pas d'attendre jusqu'au lendemain. Olympio n'était point encore de retour. La troupe attend à la porte; mais Olympio ne revenait pas. Après deux heures d'une faction peu divertissante, par un froid de vingt degrés, un d'entre eux hasarde timidement l'indécente proposition de s'en aller. « Qui parle de s'en aller? répond le chef de la troupe; nous resterons ici trois nuits s'il le faut. Que personne ne bouge! » Heureusement, pour les esprits faibles et les épidermes sensibles, que le Dieu ne tarda pas à venir et à envoyer coucher ses admirateurs.

Nous donnons un fragment de ces ouvrages, hors ligne, qui excitent à un si haut point les bravos frénétiques des jeunes-France à la mamelle. Nous devons ce fragment à l'obligeante indiscrétion d'un jeune séide de nos ennemis. Puisse Olympio nous pardonner d'avoir publié ces vers sans son autorisation.

Ce drame, destiné à l'un de nos grands théâtres, et appelé, nous n'en doutons pas, à un immense succès, est intitulé :

DONA NINA.

DONA NINA,

DRAME EN VERS.

PERSONNAGES :

DON MENRIQUE, seigneur castillan, vingt-trois ans ; figure passionnée ; barbe naissante ; taille au-dessus de la moyenne ; l'index un peu court.

DON PELEZ, autre seigneur, quarante ans ; figure basanée ; le nez incliné à gauche ; la poitrine large ; les ongles très-longs

RUSTICOLI, âge problématique ; figure équivoque ; démarche incertaine ; vêtements exigus. Il déguise, sous une immense chevelure, l'absence de ses oreilles.

DONA NINA, dix-sept ans ; riche costume ; la mantille ; les cheveux noirs; des boucles d'oreilles en or; des souliers noirs. Un signe particulier sur les reins.

La scène se passe au seizième siècle, à Madrid, sur la place du Maure.

Une grande place. — Une maison à droite. — Un sycomore à gauche. — Un palais dans le fond. — Une église dans le lointain. — Des arbres sur les côtés. — Il fait nuit. — La lune se montre quelquefois à travers les nuages.

DON MENRIQUE, *seul.*

C'est bien ça, voilà bien la place du vieux Maure ;
Une maison à droite ; à gauche, un sycomore ;

En face, le palais du duc San Alguro,
Comte de Los Montes et prince de Duro...
J'attends ici Nina, la fille de Sabine,
Aujourd'hui trépassée, autrefois maugrabine
D'Alcantara. La nuit, noire comme un chaudron,
Vous ferait sans pudeur courtiser un laidron.
Heureusement, ma belle, astre aux rayons sans nombre,
Du cuvier infernal illuminerait l'ombre...
Quelle heure, au juste, est-il ? Depuis assez longtemps
Il me semble, parbleu ! qu'en cet endroit j'attends.
Écoutons, l'heure sonne au vieux clocher de bronze.
Un, deux, trois, quatre, cinq, six, sept, huit neuf, dix, onze,
Douze. Voilà minuit, c'est l'instant convenu ;
Malgré moi je ressens un frisson inconnu. —
(*Il se promène quelque temps en silence.*)
Mais elle ne vient pas... je n'aperçois personne...
Si fait, j'entends un pas sur le pavé qui sonne ;
Est-ce le sien ? — Mais non, il a des éperons...
Pelez — s'il vient à moi nous nous entre-fendrons.
(*Entre Pelez.*)

DON MENRIQUE, DON PELEZ.

DON MENRIQUE.

Que cherchez-vous ici ?

DON PELEZ.

Vous en êtes un autre. —

DON MENRIQUE.

Moi, je suis mon chemin ;

DON PELEZ.

Nous, nous suivons le nôtre.

DON MENRIQUE.

Parlez, que voulez-vous?

DON PELEZ.

Je viens ici m'asseoir
Afin de respirer l'air embaumé du soir.

DON MENRIQUE, *furieux*.

Tu ne t'asseoiras pas.

DON PELEZ.

Mais si.

DON MENRIQUE.

Mais non.

DON PELEZ.

Vous dites?

DON MENRIQUE, *animé*.

Je dis qu'hier au soir, comte, vous m'entendîtes
Lorsqu'au bal de la reine, assis auprès de nous,
Une dame voilée a donné rendez-vous
A votre serviteur sur la place du Maure
Pour l'heure de minuit — au pied du sycomore;
Voilà ce que je dis. —

DON PELEZ.

Monsieur, vous parlez bien;
Mais en retour sachez aussi pourquoi je vien.
(*Il prend une prise et s'assied.*)
En revenant de faire un tour en Amérique,
J'appris que dans Madrid un certain don Menrique
Couvait Nina, gibier de mes propriétés.

DON MENRIQUE.

Où l'avez-vous appris ?

DON PELEZ.

Dans les sociétés.
J'abrège ; donc je viens vous dire que sur l'heure
Il vous faut déguerpir ou sinon...

DON MENRIQUE.

Que je meure,
Si je pars. — Les pommiers porteront des melons,
Mes étables au roi serviront de salons,
Les loups s'accoupleront avec les épagneules,
Les cloches sonneront la messe toutes seules,
Le jour sera la nuit, la nuit sera le jour
Avant que dans mon cœur trépasse mon amour.

DON PELEZ.

Alors, nous allons rire. — En garde! je me nomme
Don Pelez Fernandès, renommé gentilhomme,
Comte de Santa-Fe, marquis d'Amaëgui,
Duc de Villa-Cerba, petit-fils de celui
Qui vainquit Abdérame, et voilà son épée...
Je vais t'écraser comme une poire tapée. —

DON MENRIQUE.

Moi, je suis don Menrique, on connaît mes aïeux
Dans tous les coins du monde et dans bien d'autres lieux.
Sur mon blason sanglant je porte cinq chaudières,
Mille trente-un vassaux marchent sous mes bannières.

DON PELEZ, *l'interrompant.*

Assez causé, l'ami, nous jaserons plus tard ;
Je veux t'avaler comme une omelette au lard.

(Ils se battent ; don Menrique tombe mort.)

Entre Rusticoli.) RUSTICOLI.

Enfoncé le Menrique! — Ah! le diable m'emporte!
Votre altesse, seigneur, n'y va pas de main morte.
Bien touché, ma parole! il n'a besoin de rien
Maintenant ; — il est là couché comme un vrai chien.
Par monsieur Belzébut, comme ici l'on s'embroche!
Voyons voir s'il n'a rien oublié dans sa poche.

(Il fouille.)

Par l'enfer! — vingt ducats — qu'ils soient les bien-
[venus!
Que Satan ait son âme, et qu'on n'en parle plus. —

DON PELEZ

J'ajoute dix ducats pour jeter la charogne
Dans le fossé bordant la tour de Quinqu'engrogne ;
Le marché te va-t-il ?

RUSTICOLI.

Comment donc, mais toujours
(*Exit Rusticoli.*)

DON PELEZ.

Moi, je vais de ce pas chez Nina, mes amours.
(*Fausse sortie.*)

DON PELEZ, NINA.

NINA, *se croyant seule.*

Oh! que j'aime du soir la brise parfumée,
Que j'aime des jardins la senteur embaumée,
Que j'aime, quand la lune au front calme et serein,
Joue avec ses rayons sur les dômes d'airain! —
J'aime la voix du soir qui dans les airs résonne...

DON PELEZ, *à part.*

Cette fille aimerait Sanatas en personne.
(*Haut.*) Holà Nina! deux mots! où courez-vous ainsi?

NINA, *bas.*

O ciel! c'est donc Pelez! (*haut.*) Mais je venais ici
Pour vous voir.

DON PELEZ.

Bien; venez, enfant, qu'on vous embrasse.

NINA, *bas.*

Où donc est don Menrique? (*haut.*) Ah! monseigneur,
de grâce...
Permettez, je ne puis... (*bas.*) Quel horrible barbon!
Jamais je ne pourrai l'embrasser pour de bon.
(*Don Pelez veut l'embrasser. Nina se défend et le mord.*)

DON PELEZ, *furieux.*

Tu me mords, tu me mords; après cette morsure,
Tu ne peux plus compter que sur une mort sûre.
Me mordre, moi, Pelez, ah ! malédiction !
Enfer ! dérision ! mort et damnation !

NINA.

Monseigneur, faut-il donc qu'en ces lieux je m'im-
mole ?

DON PELEZ.

Allons, dépêchons-nous, sinon je vous viole...

NINA, *bas.*

Une idée ! (*haut.*) Un instant, écoute, monseigneur,
Je t'aimes, tu le sais. — Mais toi, sur ton honneur,
M'aimes-tu ? Pour prouver ton amour sans partage,
Il faut que sur-le-champ tu boives ce breuvage.
C'est un philtre amoureux.

DON PELEZ.

Qu'il soit par toi versé,
Je le bois. (*il boit.*) Sacrebleu, c'est amer.

NINA.

Enfoncé !
Il a bu du poison. — Où diable est don Menrique ?
(*Don Pelez tombe mort.*)
Il ne viendra donc pas ?
(*Parait Rusticoli.*)

RUSTICOLI.

Encore une pratique !

Ça fait deux en un jour. — Voyons si celui-là
A beaucoup de ducats dans sa poche. — En voilà
Quarante, ça fait vingt de plus que don Menrique.

NINA.

Que dis-tu? don Menrique est donc mort?

RUSTICOLI.

Ça s'explique.
Don Pelez l'a tué.

DONA NINA, *pleurant.*

Que vais-je devenir?
Don Menrique n'est plus, quel affreux avenir!

RUSTICOLI.

Cette enfant a du bon, elle me fendrait l'âme
Si j'en avais. Parbleu, j'ai besoin d'une femme.
à Nina :
Senora, permettez que le Rusticoli
Vous offre avec sa main son souper et son lit.
(*Exeunt*)

FIN.

Après le drame, l'ode; après l'action, le chant. On verra, par le morceau qui suit, et dont nous garantissons l'authenticité, que l'inspiration ne fait pas plus défaut au poëte Olympien dans les œuvres lyriques, que dans les compositions dramatiques.

Voici du lyrisme, et du plus échevelé.

OCCIDENTALE.

LES JEUNES HOMMES.

Hélas! que j'en ai vu mourir de jeunes hommes,
C'est là le diable; il faut à la mort son repas;
Il faut qu'août venu, l'on abatte les pommes,
Dans la prairie il faut que les bêtes de sommes
Foulent les roses sous leurs pas...

Faut que le broc se vide à force de gorgées,
Que la chandelle s'use et puis nous laisse en plan:
Il faut que les moutards dévorent les dragées,
Dont tous les grands-papas ont les poches chargées
Quand vient le premier jour de l'an.

C'est là le mal; après Véfour, Katcomb arrive,
Et puis l'addition, car c'est toujours la fin;
Autour du grand banquet, infortuné convive,
Plus d'un s'approche, hélas! et dit: Moi je m'en prive,
Et s'en retourne avec la faim.

Que j'en ai vu mourir! L'un était vert et rouge,
L'autre semblait ouïr d'assez vilains accords,
L'autre tout nu tremblait comme un roseau qui bouge,
L'autre aussi mal vêtu grelottait dans son bouge,
L'autre n'avait rien sur le corps.

L'autre, triste, égaré, chantait dans son délire
Le nom de l'ex-tailleur qui jadis l'habillait;

L'autre de ses malheurs voyait sa botte rire,
L'autre rafistolait des cordes de sa lyre
Son vieil habit qui s'en allait.

Un ,-surtout, sans surtout, poëte humanitaire,
Couvait le grand symbole en son front sans chapeau ;
Celui-là n'était pas, certe, un homme ordinaire,
Car d'un gilet trop court ne sachant plùs que faire,
Il s'en était fait un manteau.

Il aimait trop le veau ; c'est ce qui l'a tuée
Cette grande nature. Il en rêvait toujours.
Hélas! à mâcher creux sa bouche habituée,
Sur un veau tout entier la nuit s'étant ruée,
Ce fut le dernier de leurs jours.

L'Olympien est triplement poëte, si l'on considère qu'il n'admet jamais la critique, de quelque part qu'elle vienne. L'Olympien a pour le critique la haine la plus invétérée, l'indignation la plus féroce. A son point de vue, le critique est un polype, un cancer, un chancre qui ronge peu à peu la substance du poëte; c'est un reptile qui siffle parce qu'il ne peut pas chanter; c'est un insecte qui bourdonne autour de la cage du lion. Et quand l'Olympien a épuisé, dans ses injurieuses comparaisons, la liste des plus dégoûtantes catégories du règne animal, il a recours à l'ordre végétal et minéral, et traite le critique de *citrouille*, de *tubercule*, de *champignon*, de *cariatide* et de *borne-fontaine*.

L'Olympien n'écrit pas pour le public : il écrit pour le peuple, parce qu'il a reçu de Dieu la mission de parler aux masses; il n'écrit pas pour écrire, mais pour enseigner. C'est pour cela, sans doute, que le plus souvent il fait précéder un tout petit volume de petits vers innocents d'une immense introduction plus ou moins philosophique. L'Olympien ne fait jamais la préface pour le livre, mais le livre pour la préface.

Dans ses préfaces, l'Olympien parle toujours de lui à la troisième personne. Les domestiques de bonnes maisons agissent de la même façon à l'égard de leurs maîtres. Il s'exprime *carrément*;

sa phrase, longue et *perpendiculaire*, plane sur le lecteur comme une menace ou un commandement. Dans toutes les circonstances et dans toutes les questions, il parle de lui, toujours de lui : c'est l'*égotisme* dans toute sa puissance. Très-souvent il débute ainsi : « L'auteur de ce livre n'est pas un de ces hommes irrésolus qui s'arrêtent longtemps au carrefour des théories. Il sait où il va et ce qu'il fait; il sait qu'il a été envoyé par Dieu pour accomplir une œuvre providentielle, et cette œuvre il l'accomplira malgré toutes les difficultés et les mauvais vouloirs de notre temps. Il sait que, pour ce travail de géant, il lui faut du courage et de la persévérance; mais il aura cette persévérance et ce courage, et il arrivera au but qu'il s'est marqué à son jour et à son heure. Les grandes choses ne s'improvisent pas : il a fallu à Dieu six jours pour créer le monde, etc., etc. »

Ce n'est pas seulement sur la littérature proprement dite que l'Olympien prétend exercer une suprématie illimitée; il est encore le plus grand architecte, le plus grand peintre, le plus grand orateur et le plus grand politique de son époque : son cerveau encyclopédique embrasse l'universalité. Pendant longtemps l'Olympien a caressé l'espérance chimérique de voir surgir, sous l'influence de ses idées, une république dont il devait être la tête et le bras, l'âme et le corps, le pape et l'empereur, Léon X et Napoléon. Nous devons dire à sa louange que, depuis qu'il a pénétré à l'Académie par escalade, il a borné son ambition à la possession plus ou moins rapprochée d'un fauteuil sénatorial au Luxembourg. Il a donné, par anticipation, sa démission de consul, et a abandonné les destinées politiques de l'avenir à un triumvirat symbolique composé de : M. Thiers, M. Barrot et M. Bocage.

LE POETE LAMARTINIEN.

—

O M. de Lamartine, qu'avez-vous fait? Vous étiez gentilhomme, comme André Chénier; vous avez reçu du ciel la beauté de Byron et la fortune de Goethe; vous avez été tour à tour un grand poëte et un grand orateur; et il est probable qu'un jour vous serez un aussi bon ministre constitutionnel que M. Gouin ou M. Cunin-Gridaine. Je ne vous reproche ni votre naissance, ni votre beauté, ni vos richesses; trois choses que des critiques moins indulgents vous pardonneraient avec peine. Je ne vous en veux pas non plus pour vos succès de tribune, pour vos productions lyriques, admirable mélopée, qui dissimule, sous la magnificence du rhythme, la contexture un peu molle du vers et l'indigence de la pensée. Je ne vous en veux même pas pour votre génie, ô mon poëte ! mais ce que je vous reprocherai toute ma vie, c'est d'avoir engendré une foule de *poëtaillons* sans force, sans haleine, sans courage, branches mortes d'un arbre majestueux ; c'est d'avoir traîné à votre suite, et encouragé par des conseils perfides, ces imitateurs vulgaires, qui sont au poëte ce que les reflets sont aux rayons, sauterelles parasites qui vinrent un jour s'abattre sur les champs de la poésie pour en dessécher les plus belles tiges et les fleurs les mieux venues.

Le poëte Lamartinien est partout, à Paris et en province, à la campagne et à la ville, et même un peu à l'étranger, dans les salons moscovites, les réunions de Londres et les cercles de Vienne et de Munich. C'est l'espèce la plus nombreuse dans la famille des poëtes ; elle grouille, elle fourmille. La cause de cette inféconde multiplicité est tout entière dans la facilité du genre. Ce sont toujours les mêmes idées qui reviennent avec les mêmes mots, emmaillottés dans le même rhythme. Le maître est un peu mou, les disciples sont flasques. M. de Lamartine, soit impuissance, soit paresse d'esprit, soit mépris du lecteur, se donne rarement la peine de chercher au delà du cercle parcouru un horizon plus varié; il se contente des effets connus, et n'en veut pas de nouveaux; son vers et sa pensée viennent au monde sans effort, mais un peu au hasard. Si son vers est beau, tant mieux; mais s'il se traîne péniblement sur ses douze pieds, s'il est malingre et chétif, il restera toujours comme cela : le poëte n'a pas le temps de le soumettre à l'orthopédie de la forme. M. de Lamartine suit tranquillement le grand chemin de sa phraséologie uniforme; il marche où il a déjà marché; c'est plus commode. Il sait peut-être bien qu'il existe, sous l'ombre de la poétique forêt, un sentier dont personne n'a encore foulé le gazon verdoyant; mais pour l'aller chercher il faudrait faire un assez long détour à travers un champ abrupte, et courir le risque de se blesser les pieds aux épines. Aussi, il ne se dérange pas de son chemin, quoique un peu fatigué quelquefois des nuages de poussière que soulève sur la route le cortége de ses imitateurs.

Qu'arrive-t-il ? c'est que M. de Lamartine ne

tourne pas seulement dans le cercle de ses idées, mais encore de ses phrases ; c'est qu'il se copie sans s'en douter, qu'il s'imite lui-même. Que sera donc, au point de vue littéraire, l'imitateur de M. de Lamartine, sinon un copiste? Le poëte Lamartinien est la troisième eau d'un thé, dont le premier défaut est d'être un peu faible.

Chez M. de Lamartine, le même mot se montre souvent dix fois dans une pièce de cent vers au plus. *Mon âme* revient à tous les vers dans les strophes harmonieuses du poëte, comme *mon pays* se dresse héroïquement à toutes les phrases des discours parlementaires de l'orateur. On a calculé que, rien que dans ses premières *Méditations*, M. de Lamartine avait dix fois conjugué le verbe *passer*, dans tous ses temps et dans tous ses modes.

Le flot qui l'apportait *passait*, *passait* sans cesse,
Et toujours *en passant* la vague vengeresse
Lui jetait le nom de Condé!

. . . .

Ainsi tout fuit, ainsi tout *passe*;
Ainsi nous-mêmes nous *passons*...

. . . .

Comme l'agneau qui *passe* où sa mère a *passé*,

. . . .

Tu *passais*, tu *passais*; et, pareil à la foudre...,

. . . .
Elle se repliait dans l'oubli du *passé*.
Ah! pourquoi *passais*-tu seule sur cette terre?...
. . . .

. . . .
J'écoute auprès de toi le vent du soir qui *passe*.
Mais pourquoi remonter vers ces scènes *passées*?..
Etc., etc. . . . .

On pourrait multiplier ces citations à l'infini. Comme on le pense bien, le disciple a encore exagéré la manière du maître. Ce qui était un défaut chez le poëte a été regardé par l'imitateur comme une qualité. Alors les rimes les plus banales, les pensées les plus rebattues, les vers les plus filandreux, ont surgi de toutes parts. Dès qu'il a été reconnu que dans l'enchevêtrement seul de quelques mots, sans cesse répétés dans un vers long et flasque, résidait le secret du lyrisme, tout ce qui a voulu faire des vers en a fait, et s'est appelé poëte. *Les étoiles*, *les nuages*, *la nacelle*, *le lac*, *les flots bleus*, *la lyre*, *mon âme*, *la brise*, *l'espace*, *la mer*, *l'océan des jours*, etc., etc., sont les seuls ingrédients nécessaires à la fabrication de cette poésie nébuleuse et calédonienne, qui a le tort de ressembler beaucoup trop à la note unique et retentissante du célèbre trombone des *saltimbanques*.

Voici quelques échantillons de la poésie Lamartinienne :

MÉDITATION FLOTTANTE.

Du soir quand l'*ombre solitaire*
A remplacé les feux du jour,
Loin des rivages de la terre,
Mon âme monte plus légère
Aux rives d'un autre séjour.

Comme une *lyre cadencée*
Rend un son plus harmonieux,
Je sens renaître ma pensée
Sur les *nuages* balancée
Entre *les mondes* et les cieux ..

Je contemple dans l'étendue
Ces horizons, flottants îlots,
Qui semblent nager *sur la nue*
Au sein du vide répandue
Comme une île au milieu des flots.

J'écoute alors dans le silence
Le *murmure mélodieux*
De la *prière* qui s'élance
Comme un *cantique* d'espérance,
Comme un *soupir mystérieux*.

MÉDITATION AMOUREUSE

A ELVIRE, A SILVIE OU A URANIE.

Sur des jours écoulés pourquoi porter la vue?
Pourquoi noyer toujours *ton âme dans les pleurs?*
Quand l'orage a cessé, vois *resplendir la nue*
D'une écharpe aux mille couleurs.
Le passé, c'est la mort; l'avenir, l'*espérance:*
L'espérance, rayon qui *resplendit* toujours,
Et qui brille pour toi comme un fanal immense
Sur l'océan lointain des jours.
Oh! laisse-moi guider *ta barque solitaire :*
Nous voguerons tous deux *vers ce ciel enchanté*
Où *l'âme*, en s'exilant *des rives de la terre*,
S'abreuve *d'immortalité.*
Là nos jours couleront comme ces *flots tranquilles*
Qui vont insoucieux se *bercer sur les bords*,
Mollement *ballotés* dans *leurs pentes dociles*,
Au bruit *douteux de leurs accords.*
Oh! viens, viens reposer *ton âme sur mon âme* ;
Oh! viens, nous mêlerons *les eaux de nos douleurs,*
Car je veux partager avec toi, pauvre femme :
A toi la joie, à moi les pleurs.

Quelquefois aussi le poëte Lamartinien feint d'être en proie à des flots de réflexions, et débute ainsi :

. . . .

. . . .

Et je disais : laissons *ma barque fugitive.....*
Pauvre Alcyon poussé par le vent des hivers ,
Aller de rive en rive.....
Se perdre au triste son de la *vague plaintive*
Dans le *gouffre écumant des mers*, etc. etc.

MEDITATION *EX ABRUPTO*.

Oh ! laissez-moi pleurer, puisque pour moi la vie
Ne s'offre déjà plus que comme un souvenir;
Et qu'à peine à vingt ans ma pauvre âme flétrie
Ne peut plus contempler son étoile chérie ;
A l'horizon de l'avenir,
etc. etc. etc....

M. de Lamartine a reçu, à titre d'hommages, plus de dix mille pièces de vers dans ce style. — Et quand on songe que c'est à lui que l'on doit cette nuée de poëtes pleurards et ennuyeux, on ne le trouve pas assez puni de ces hommages multipliés; — on les voudrait plus nombreux encore; — du reste, c'est Mme de Lamartine qui décachète tous ces envois poétiques, lesquels sont immédiatement livrés aux flammes sans être lus; — ce qui n'empêche pas que Mme de Lamartine ne soit encore la femme la plus occupée de France.

Le poëte Lamartinien se trouve moins à Paris qu'en province, où il fait la gloire de son arrondissement en inondant de ses productions le journal du chef-lieu. — Chaque ville de France a un aligneur de strophes qui pleure au moins une fois par semaine dans un feuilleton lyrique et filandreux.

Le collégien de dix-sept ans qui ressent au fond de son âme le vague et l'incertitude des premières années, a aussi une tendance Lamartinienne très-prononcée jusqu'au jour où *il a été heureux*. — A partir de ce jour, il se moque des *fleurs de l'âme*, et apprend à cancanner.

LE POËTE HUMANITAIRE.

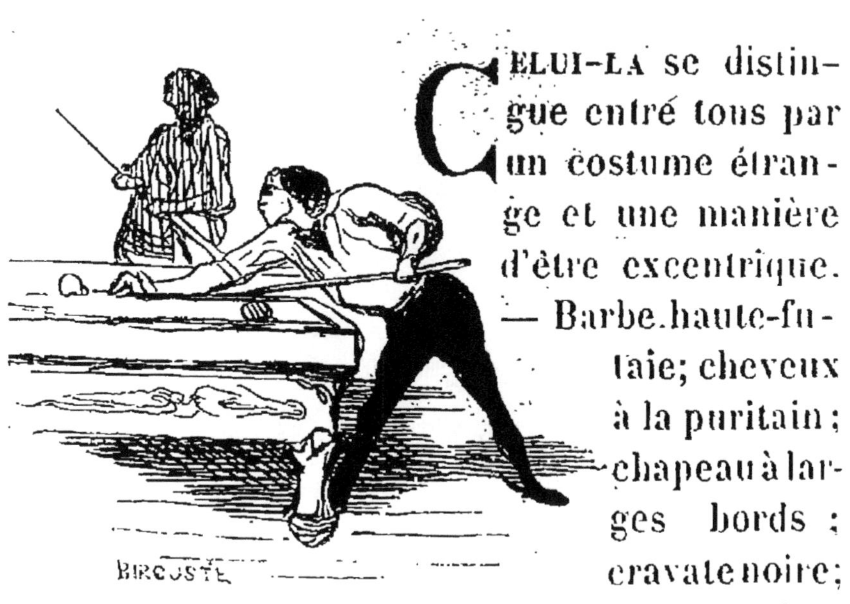

CELUI-LA se distingue entré tous par un costume étrange et une manière d'être excentrique. — Barbe haute-futaie; cheveux à la puritain; chapeau à larges bords; cravate noire; gilet noir; habit noir; pantalon noir. — Son costume est sévère comme sa personne. L'Humanitaire a par-dessus tout la prétention d'être un homme sérieux ; il ne sourit pas et ne plaisante jamais.

Plus que tous les autres poëtes, l'Humanitaire a un but marqué. Il est un homme *fatal*, qui travaille chaque jour à l'accomplissement d'une mission sociale et providentielle. Il est le prophète de l'avenir; Dieu l'a envoyé pour débarrasser le vaste champ de l'humanité des ronces de l'erreur et des broussailles des préjugés.

Les autres poëtes peuvent chanter les fleurs, les femmes, la nature, le printemps, toutes les choses de Dieu ; mais lui seul est le poëte des idées, le *Vates* antique, le Confucius lyrique, le Tyrtée civilisateur. A lui seul la compréhension de la grande synthèse *épopéique* et universelle. Son âme, toujours calme, toujours sereine, est inaccessible aux passions vulgaires. Il laisse aux autres la pâture des théories inutiles; il leur abandonne l'amour, la colère, l'enthousiasme : pour lui, il ne s'occupe que de l'*utile*, et son rêve est le perfectionnement de l'espèce humaine et la *progressivité* des idées.

L'Humanitaire a un dictionnaire particulier, une syntaxe à part, une langue qu'il s'est créée pour son usage personnel. Il affectionne surtout les mots longs et sonores, les phrases creuses et ronflantes, et les tirades inintelligibles. Son vers, sec et rude, est un néologisme de douze syllabes, harnaché de mythes, et caparaçonné de symboles.

Voici un échantillon de son style :

Nous venons travailler, ouvrier symbolique,
A l'œuvre social et palingénésique,
Le seul œuvre ici-bas solide, essentiel.
Le flot qui nous soulève est providentiel.
Frères, nous fonderons l'immense panthéisme,
Successeur agrandi du vieux catholicisme,
Pour que dans l'avenir la socialité
Dans un lien d'amour cerclant l'humanité,
Éternise à jamais une ère épopéique,
Du monde qui surgit orbite synthétique.

Ne lui demandez pas ce que veut dire cet horrible galimatias; il ne le sait pas lui-même. — Il vous avouera pourtant que ses vers, encore incompris, sont destinés à révolutionner le monde et à *harmoniser* l'avenir. L'humanitaire n'appartient, à proprement parler, à aucun système social, religieux ou philosophique ; il n'admet ni le catholicisme, ni le protestantisme, ni l'éclectisme, ni le saint-simonisme, ni le buchésisme, ni le fouriérisme, ni l'ovénisme, ni rien de ce qui peut ressembler à une agglomération d'idées rationnellement déduites. Il est humanitaire, — cela répond à tout. — L'humanitaire est, de tous les poëtes, le plus ennuyé et le plus ennuyeux. — Il adore Mme Sand, non pour ses romans, *Valentine* et *Indiana*, mais parce qu'elle a publié une rapsodie inintelligible intitulée *les Sept cordes de la lyre*, et dédiée à M. Buloz, qui comprend tout, excepté le français. — L'Humanitaire estime beaucoup M. Victorien, l'auteur de l'*Origine primordiale des cataclysmes cyclopéens, de Miaos et de Chiaou, considérée dans ses rapports avec l'art de tuer les punaises*; — et il met M. Ballanche un peu au-dessus de Moïse et de Sardanapale, de Sardanapale surtout, qu'il regarde comme le plus grand philosophe des temps antiques.

LE POËTE INTIME.

—

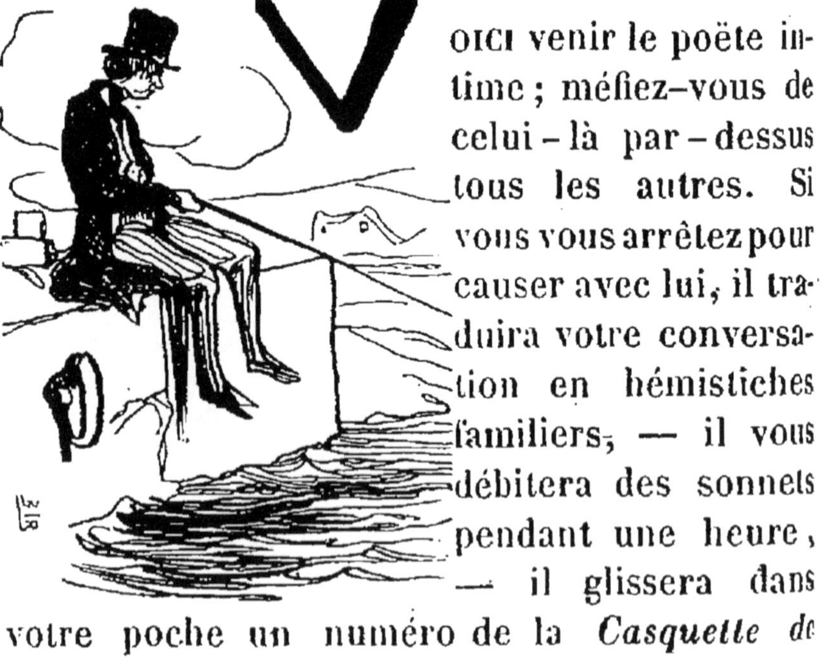

VOICI venir le poëte intime ; méfiez-vous de celui-là par-dessus tous les autres. Si vous vous arrêtez pour causer avec lui, il traduira votre conversation en hémistiches familiers, — il vous débitera des sonnets pendant une heure, — il glissera dans votre poche un numéro de la *Casquette de*

loutre, journal qui a l'avantage de recevoir tous les matins ses inspirations de la veille; — il vous parlera dans ses vers de sa femme,

de son chien, de sa maîtresse, de sa dernière digestion, et vous offrira en échange de cinq francs, — prix fort, — son dernier volume, publié sous le titre de : ***Aspirations, contemplations, déceptions, consolations, lamentations ou conversations.***

Lorsqu'il vous aura quitté, vous ouvrirez le volume, et vous tomberez sur les vers suivants:

Je sortis de chez moi vers midi moins un quart,
Emportant *Eynerley*, roman d'Alphonse Karr,
Auteur spirituel dont j'aime assez le style;
Je rencontrai Robert auprès du péristyle
De l'Opéra. — Le jour était beau ; — le soleil
Inondait les maisons de son reflet vermeil :
Nous allâmes ensemble, en traversant les rues
Du faubourg Saint-Germain les plus *imparcourues*,
Jusques au Luxembourg ; — nous vîmes un essaim
De petits poissons verts jouant dans le bassin.
A deux heures et quart, sous les sombres allées
Nous fûmes promener nos âmes désolées.
Vers quatre heures au plus, l'air fraîchissant, Robert
Me dit : Si nous allions à la place Maubert?
Or, c'est là qu'il demeure au quatrième étage,
Au fond d'un corridor; — sa femme de ménage,
De quarante ans âgée et très-haute en couleurs,
Accommode assez bien le mouton aux choux-fleurs.

Tout le reste est pensé et écrit dans ce style. — Le poëte intime n'a pas de lecteurs, mais il récite ses vers à son portier et adresse des sonnets à son propriétaire à l'approche du terme. — Le propriétaire, flatté d'être comparé à Mécènes, accorde au nourrisson des Muses un délai de quinze jours pour le paiement du terme échu; — après quoi il le met à la porte. — L'Horace de la mansarde envoie sa mésaventure rimée à un petit journal *qui paraît quelquefois*, et va chercher sous *les verts ombrages* de la rue de la Harpe ou de la rue Saint-Jacques quelque Tibur plus hospitalier.

LE POETE TOURISTE.

—

« MONSIEUR le Comte, les chevaux sont attelés.

— Très-bien.

— Où allons-nous, monsieur le comte?

— Parbleu, où nous allons? où veux-tu que nous allions, sinon en Italie? »

Après ces quelques mots jetés à son domestique, M. le comte de C... monte dans sa chaise de voyage et se renverse sur les coussins. La voiture roule, M. le comte dormira jusqu'aux Alpes.... Son domestique a reçu l'ordre de le réveiller à la douane italienne. Quel est, me direz-vous, ce comte de C... qui se rend ainsi en Italie; est-ce un diplomate? un membre du club Jockeys, ou un viveur ennuyé qui va promener son spleen sur les grandes routes de l'Europe? Comment, vous ne connaissez pas le comte de C..., vous répondrai-je à mon tour, le fameux comte de C..., l'illustre comte de C..., qui a semé ses vers dans tous les pays, et qui, depuis dix ans, célèbre chaque année, dans un volume jaune, les beautés officielles de la contrée parcourue? M. le comte de C... est un poëte, et un poëte Touriste; il ne voyage pas pour voyager, mais pour chanter, en hémistiches plus ou moins réguliers, tout ce qu'il rencontrera sur sa route. Il fait des vers à propos de monuments, de vues célèbres, de montagnes, et généralement de tous les objets les plus banals et les plus connus.

Le poëte Touriste n'a absolument qu'une seule corde à sa lyre, la corde laudative. Ce n'est pas qu'il se laisse facilement impressionner par l'aspect des beautés extérieures. Il restera froid devant un beau site, si ce site ne se trouve pas dans le guide du voyageur; mais il s'enthousiasme pour tout ce qui est consacré par les livres et les Port-Folio. Il a une admiration toujours prête pour les merveilles bien et dûment constatées. C'est le plus intrépide *salueur* qui soit au monde. Il ne fait pas un sonnet sans débuter par l'exclamation de rigueur: Salut!!!... Son vers, toujours monté sur les échâsses du lyrisme le plus effréné, donne à tout ce qu'il rencontre un coup de chapeau admiratif!!! L'année dernière il a visité l'Espagne, l'*Espagne au ciel bleu*; il s'est pâmé devant l'*Alhambra*, et est tombé à la renverse à l'aspect de l'*Escurial*; il a fait rimer *Grenade* avec *sérénade*, *mantille* avec *Castille*, *Andalouse* avec *jalouse*; et il est revenu à Paris pour faire tirer son admiration à quinze cents exemplaires. C'est ainsi qu'il a dans sa bibliothèque tous ses enthousiasmes reliés en veau. Il y a deux ans, il était parti pour la Grèce, cette patrie de Miltiade et d'Aristide. Il avait pleuré sur *Athènes*, qui a l'avantage de rimer si agréablement avec *Démosthènes*. Il s'était promené dans les jardins absents d'Académus; il s'était arrêté devant l'Agora anéanti, et il avait rêvé pendant tout un jour à l'ombre du portique disparu. D'Athènes à Jérusalem, il n'y a qu'un pas

pour le Touriste. Notre poëte avait senti, à la vue du tombeau du Christ, un enthousiasme aussi vide que devant le sarcophage de Thémistocle; et il avait adressé à la Syrie cet éternel salut qu'il a dit à l'Espagne, à la Grèce, et qu'il dira bientôt à l'Angleterre, à l'Irlande, à l'Ecosse et à l'Allemagne. Cette année il se rend en Italie; il va à Venise. Salut Piazzeta! salut lion de Saint-Marc! salut pont des Soupirs, et le Lido, et la gondole, et la barcarolle, qui vole, etc., etc... Puis il court jusqu'à Rome. Il chante alternativement le Vatican et le Capitole, Jupiter et Jésus-Christ, César et le pape. Il fait un sonnet sur la colonne Trajane et un quatrain sur la coupole de Saint-Pierre.

Après avoir fait la révérence devant toutes les pierres célèbres; après être resté dans une extase perpétuelle en face des moindres beautés italiennes, le poëte Touriste termine ordinairement sa tournée artistique par une pièce de vers dans le goût de celle-ci :

Adieu, reine des arts! adieu, blanche Italie,
Où l'art à la nature incessamment s'allie!
Adieu, terre du beau, mère des nations,
Muséum glorieux des générations!
O sol trois fois fécond, dont la mamelle ardente
Allaita Raphaël, Michel-Ange et le Dante,
Je te quitte à jamais, ô reine sans fierté!
Adieu, tu n'as pas su garder ta liberté!

La liberté! voilà le grand mot lâché!!! Ils lui disent tous cela, les malheureux; ils lui reprochent de n'être pas libre, de n'avoir pas une Charte constitutionnelle et une Chambre des Députés qui renverserait sans pitié le temple d'Antonin s'il nuisait à la construction d'un chemin de fer... Eh! que ferait-elle de votre liberté, cette belle Italie? n'est-elle pas assez libre comme cela, mon Dieu? N'a-t-elle pas son soleil étincelant, son ciel bleu, ses palais de marbre, ses monuments glorieux, son sol éternel, et son air pur qui jette des milliers de baisers dans une de ses brises? Ne peut-elle pas se promener dans ses gondoles au bruit de ses flots murmurants, ou courir, sur la voie Appienne, au milieu de sa poussière d'or? N'a-t-elle pas son *far niente* qui lui tient lieu de bien des choses, et son macaroni qu'elle ne donnerait pas pour toutes les constitutions du globe? La liberté! mais vous ne savez donc pas, ô réformateurs en bottes vernies! ô théoriciens en gants jaunes! que la liberté est le soleil des nations qui n'en ont pas d'autre? C'est le soleil de l'Angleterre et de la France; regardez si elles y voient plus clair. Contentez-vous donc, ô poëtes! de chanter sur tous les tons des beautés consacrées par l'admiration des siècles ; contentez-vous de publier vos vers, que personne ne lira, si ce n'est moi, pour en livrer quelques lambeaux un peu chargés à la consommation de mes dix mille lecteurs. Mais prenez les pays comme ils sont, puisque nous consentons bien à vous prendre comme vous êtes.

LE POËTE CATHOLIQUE.

—

A l'entendre, il vit dans la solitude, et la pensée de Dieu occupe seule son âme contemplative.

Il a renoncé au monde, à ses jeux et à ses fêtes; pécheur repenti, il est venu se retremper à la source des grandeurs du catholicisme; son vaisseau, battu par la tempête des passions, a enfin trouvé un port bienfaisant où il se repose des fatigues de la traversée.

Poëte cénobitique, il ne lui faut plus maintenant que le repos et le débit de sa marchandise

religieuse; il aime à se promener, par les beaux clairs de lune, dans les allées sombres, et à écouter les étranges harmonies que produisent les brises en soulevant les feuilles desséchées : c'est alors que son âme s'anime dans la contemplation des beautés extérieures; elle livre à tous les vents de mystiques soupirs, qui s'échappent en notes harmonieuses, et forment, à la longue, ces petits volumes étalés le long des quais et évités du flâneur.—Le poëte Catholique cultive indifféremment tous les rhythmes; ses pièces de vers sont intitulées : *le Jour des Morts*, *le Jour de Pâques*, *la Fête-Dieu*, *l'Ascension*, *l'Assomption*, etc... Il s'est constitué le chantre obligé de toutes les solennités ecclésiastiques, et il puise ses inspirations lyriques dans les cantiques de Saint-Sulpice. *Il fait aussi dans le genre personnel*; mais sa poésie porte toujours l'empreinte du cachet spiritualiste et religieux. C'est un chérubin déplumé, qui, dans son triste pèlerinage terrestre, se souvient toujours du ciel, sa première patrie. S'il prend sa lyre suspendue aux saules du rivage, c'est pour entonner une plaintive psalmodie sur les profanations de Babylone et les tristesses de Sion, *super flumina Babylonis*. Quelquefois aussi, l'œil animé d'une sainte ivresse, il se pose en inspiré, et s'écrie :

O Seigneur ! j'ai péché; Seigneur, je suis coupable;
Mais vous pardonnerez mon crime impardonnable,
Ce crime qui fait ma douleur;
Et, tout purifié de mes lâches misères,
Je reviendrai vers vous, ô le meilleur des pères!
Comme l'agneau vers le pasteur.

Voilà le poëte Catholique tel qu'il se peint dans ses livres. Maintenant, si vous voulez son portrait véritable, le voici :

C'est un gros garçon joufflu, qui va plus souvent au café qu'à l'église, et qui pratique plus volontiers le doublé et le bloc fumant, que les Commandements de Dieu. Il ne sait peut-être pas très-bien ses prières, qu'il ne dit jamais; mais, en revanche, il manie agréablement la plaisanterie voltairienne, et il fait une grande consommation de calembours.—A l'époque des bals masqués, il se déguise en *Chicard*, en *Balochard*, en *Sauvage civilisé* ou en *Général étranger*.—C'est lui qui est l'auteur de presque tous les couplets des *larifla*, qui faisaient fureur il y a deux ans dans les soupers du Café anglais. — Lorsque le poëte catholique a publié cinq ou six mille vers apostoliques et peu français, il attrape la croix-d'honneur et une place d'inspecteur des hospices.

LE POËTE BIBLIQUE.

Le poëte Biblique est une variété du poëte Catholique ; il bondit dans ses vers comme les brebis, et saute comme les collines de l'Evangile. — Ses images apocalyptiques ont toutes cent coudées de hauteur. — Sa poésie est un mélange confus des souvenirs du Pentateuque et des Prophètes, et des tentatives cadavéreuses de l'art moderne :

Aux quatre coins du ciel la trompette de l'ange
Éveillait en sursaut *les morts pétris de fange*,
Qui reposaient, couchés dans leurs longs vêtements,
Sans ressentir le poids du marbre funéraire
Qui pesait sur leur corps, dur et glacé suaire,
Depuis plus de mille ans.

Levez-vous! disait l'ange à la voix éclatante,
Exhumez vos lambeaux; voici le jour d'attente.
Vous qui dormez depuis bien des nuits et des jours,
Voici le temps prédit des vieilles prophéties;
Calfeutrez de vos corps *les crevasses noircies.*
Et vivez pour toujours.
Et les morts à sa voix secouaient leur poussière,
Et *peignaient*, étonnés, leurs longs cheveux de pierre
Et leur barbe collée au marbre des tombeaux.
Et, pour cacher l'horreur de leurs spectres livides,
Les uns s'enveloppaient dans des manteaux splendides,
D'autres dans des lambeaux.
Un roi, pour ajouter encore à la risée,
Rajustait sur son front sa couronne brisée,
Qui, trop lourde, affaissait son crâne vermoulu.
Une vierge pleurait sa couche solitaire;
La coquette arrangeait les plis de son suaire
Sur son cadavre nu.

LE POÈTE CAVALIER-RÉGENCE.

—

Mais où donc étiez-vous, Marquis, ne vous déplaise,
Quand nous dansions hier à l'ambassade anglaise?
C'était beau, sur ma foi, Marquis, et les rayons
Resplendissaient partout dans les vastes salons.
Les femmes nous offraient, dans leurs chaudes allures,
Un ravissant coup d'œil de fières encolures...
Je fis trois tours de valse avec lady Brigton,
Femme charmante, un beau profil, un très-bon ton;
Elle descend, je crois, par son père lord Scosse,
De Richard d'Arlington et des Stuarts d'Écosse.
Son aïeul, lord Nelly, dans le long parlement,
Osa seul, à Cromwell, résister fièrement.
Ce n'est point un *bas bleu*. Mais là je vis encore
La comtesse Uranie et le duc de Bigore.
Il me parla de vous, ce cher duc, et très-bien.
J'y vis aussi, Lowgard, le consul autrichien

Pardieu ! j'aurais donné cent louis sur ma tête
Pour que l'on vous eût vu, Marquis, à cette fête.

Tel est ordinairement le ton tranchant et sans façon du poëte Cavalier. Il a toujours l'air d'écrire avec son cure-dent. Son vers libre et indiscret vise au déshabillé aristocratique, et se fait fanfaron et coureur de ruelles. Le poëte Cavalier a bien soin de parler des personnages les plus répandus de la société parisienne, et surtout du faubourg Saint-Germain, pour faire croire qu'il les connaît autrement que de réputation. Il vous entretient à tout propos de son ami le prince de B..., de Mme la duchesse de C..., de ce cher vidame de F..., et ainsi de suite. Il fait, à qui veut l'entendre, de scandaleuses confidences; il vous raconte ses petits soupers et ses bonnes fortunes; pour peu que vous lui prêtiez deux minutes d'attention, il vous dira même qu'il a rossé le guet hier au soir dans la personne d'un caporal de la garde nationale. Il prend l'hôtel Bazancourt pour la Bastille, le boulevard des Italiens pour la place Royale ; il appelle la Chambre des Députés la salle des états-généraux, et il se promène le soir dans les jardins du Palais-Cardinal en caressant avec sa main gauche la garde imaginaire de son épée absente. Personne plus que

lui n'a la prétention de mener la vie des galantes aventures... Il a un manteau couleur de muraille dans son antichambre et une échelle de soie pendue en sautoir à sa cheminée. Il s'écrit à lui-même des lettres satinées et parfumées, qu'il montre le lendemain à ses amis d'un air demi-mystérieux ; et, s'il a un domestique, il lui donne cent francs de plus pour avoir le droit de le traiter à tout propos de maraud et de coquin. Il paie très-exactement ses fournisseurs, ce qui ne l'empêche pas de dire qu'il jette régulièrement tous les matins un créancier par la fenêtre. En fait de jeux, il ne connaît ni la bouillotte ni l'écarté, mais il vante le pharaon et le lansquenet. A part tous ses travers et son allure-*régence*, c'est un bon gros garçon qui a le malheur de ressembler beaucoup plus à un coiffeur qu'à un jeune marquis de l'Œil-de-Bœuf.

Telle est la physionomie du poëte Cavalier-Régence. Mais il nous reste à parler du poëte Cavalier-Lara et Child-Harold, dont la lèvre sceptique ne sourit jamais qu'avec amertume.

LE POËTE CAVALIER-LARA.

Le poëte Cavalier-Lara rit de tout, plaisante de tout, et se moque de tout le monde, à commencer par ses lecteurs. Si vous lui demandez une définition de la vertu, il vous répond qu'il adore le champagne et qu'il est fou du bordeaux. Il a aussi l'étrange prétention d'avoir une vie échevelée et de passer les nuits dans les orgies ; pourtant il se couche régulièrement à dix heures du soir, et ne se grise qu'en théorie. S'il passe sur les boulevards, il se donne une démarche incertaine et des allures

avinées; mais personne n'est dupe des arabesques volontaires que ses jambes décrivent sur les trottoirs, aussi irrégulièrement que possible. Ses amis disent en le voyant : Tiens, voilà un tel qui veut nous faire croire qu'il est ivre. Je parie qu'il a dîné à trente-deux sous. Ses héros ont tous une excentricité factice, une originalité de contrebande. Le poëte Cavalier-Lara professe pour les femmes le dédain le plus profond ; et cependant il soupire pendant trois mois aux pieds d'une Omphale de l'Ambigu ou de la Porte-Saint-Antoine, dont il célèbre dans ses vers les grâces et la beauté sous un poétique pseudonyme de fantaisie.

Il cultive plus particulièrement les poëmes en strophes de six vers ; ces poëmes sont tous intitulés : ***Malgache***, ***Bardoche*** ou ***Frangipane***.

EXEMPLE.

Il s'appelait... je crois... comment donc?... Ah! Malgache.
Malgache, direz-vous, c'est un étrange nom.
Messieurs, je ne dis pas. Il frisait sa moustache
Fort agréablement. Pour un oui, pour un non,
Quand il faisait siffler le bout de sa cravache,
Il vous aurait tout net broyé sous son talon.

Malgache, vous voyez, n'allait pas de main morte
Dans ses discussions. Quand on a deux bons bras,
Pour une bagatelle on crie et l'on s'emporte ;
Mais lui, s'il frappait fort, il ne disputait pas.
J'aime assez, je l'avoue, un homme de la sorte ;
Ça fait diversion avec les avocats.

A propos d'avocats, on dit, chère lectrice,
Que vous avez la jambe admirablement bien.
Vous chantez, je le sais, comme une cantatrice.
Vous avez un profil français-italien.....
Je voudrais bien trouver une autre rime en *trice*,
Mais vous n'y tenez pas, et ça ne me fait rien.

Mais où diable en étais-je?.. Ah! m'y voilà! Malgache
Était donc un vaurien, un franc mauvais sujet,
Qui traitait tous les jours son père de ganache,
Racine de fossile et Boileau de benêt.
Il disait qu'il aimait fort le vin de Grenache;
Ce qui fait qu'il passait sa vie au cabaret.

Aller au cabaret! ah! malheureux jeune homme!...
S'infiltrer goutte à goutte un horrible poison!..
De ses illusions répandre ainsi la somme
A toute heure, en tout lieu, sans rime ni raison!...
Tiens, qu'est-ce que je dis?... Ma foi, je parle comme
Un académicien ou monsieur Montyon...

Ce monsieur Montyon, lecteur, je le confesse,
Était un pauvre sire; il aurait fait bien mieux
De manger son argent avec une maîtresse
Que de le destiner à des prix vertueux...
On dit que la vertu, d'ailleurs, vaut la richesse...
Donnez donc votre argent à des gens vicieux...

Ce sera plus logique... Un très-grand mal en France,
C'est de parler toujours très-haut de la vertu

Lorsque pour elle on n'a que de l'indifférence.
Je la hais à l'égal d'un cuistre parvenu.
Le vice, cher lecteur, a bien plus d'élégance,
Il est bien plus aimable, et surtout mieux vêtu.

Revenons à Malgache. . etc.

Cela se poursuit ainsi, deux mille vers durant... Malgache, comme on le voit, n'est qu'un prétexte pour débiter au lecteur toutes les fantaisies biscornues qui passent par la tête du poëte.

LE POËTE DYNASTIQUE.

Le poëte dynastique s'est habitué à se regarder depuis quarante ans comme propriétaire, — sous le rapport de la célébration en tranches de vers vulgairement dites strophes propres, ou, du moins, destinées à recevoir de la musique, — de tous les événements importants, de toutes les solennités publiques, — soit décès d'hommes illustres, pour lesquels il tient des larmes en réserve, — soit naissances de princes augustes, pour quoi il possède un as-

sortiment varié de joie et d'allégresse; — soit victoires, qui n'épuiseraient pas en vingt siècles son magasin de *lauriers* ; — soit mariages royaux, pour lesquels il est arrivé à découvrir cinquante combinaisons dans la seule rime *belle journée* avec *hyménée*. Le poëte dynastique ne se contente pas de la fabrication des hymnes avec musique nouvelle, il célèbre aussi ces divers événements en poésie ordinaire (c'est toujours en poésie fort ordinaire que lesdits événements sont célébrés), je veux dire en poésie déclamée, telle qu'épîtres, odes, poëmes, quatrains, acrostiches, charades ou logogriphes.

Le poëte dynastique est l'ami, que dis-je? l'enthousiaste effréné de tous les rois qui arrivent ; il partage la vénération de l'éléphant pour le soleil qui se lève ; c'est ainsi qu'il a brûlé dans sa cassolette poétique de l'encens pour Napoléon et pour Louis XVIII, pour Charles X et pour Louis-Philippe ; il a fait des dithyrambes latins sur toute la famille impériale, et c'est lui qui, le premier, termina son hexamètre par ce dactyle et ce spondée d'une flatterie si transparente : *Corsicus heros* ; il a chanté tour à tour les trois couleurs et le lis, le lis et les trois couleurs ; il a mis les victoires de l'Empire en hymnes tamerlanesques, les fêtes de la Restauration en romances, et le soleil des Trois Jours en cantates. Après tout, c'est encore celui-là qui est le vrai poëte, le poëte qui ne se décourage jamais, et dont l'enthousiasme est toujours le même. — Il conservera cette éternelle jeunesse et cette éternelle verdeur tant qu'il y aura sur la terre des rois qui succéderont à des rois, des enfants royaux qui naîtront, des princesses qui se marieront et des princes qui mourront ; — car il célèbre également, ce grand poëte, la naissance, l'hyménée et la mort des monarques mâles et femelles, pourvu que ces monarques veulent bien prendre la peine de ne pas naître, de ne pas se marier et de ne pas mourir en exil.

Par une étrange particularité de son génie, son enthousiasme dynastique ne franchit jamais la frontière. — Mais il faut lui rendre cette justice, que si son tempérament, mobile comme celui de tous les vrais poëtes, le porte à chanter tous les nouveaux venus, il oublie tout à fait ceux qu'il a célébrés jadis. Personne mieux que lui ne sait cheviller les mêmes rimes à tous les événements. — Le poëte dynastique ne fait ordinairement qu'un seul couplet, mais ce couplet s'allonge ou se raccourcit à volonté, et subit toute espèce de transformations ; il est tantôt une ode, tantôt un quatrain, tantôt une cantate, ou une chanson à boire ; — il sera, si vous le voulez, une charade ou un poëme épique.— Ce couplet élastique doit, sauf quelques légers remaniements, s'adapter à toutes les circonstances. Ainsi, en 1811, à la naissance du fils de l'Empereur, le poëte dynastique avait fait une cantate qui commençait ainsi :

Si l'étranger, comme un seul homme,
Un jour venait nous asservir,
Autour du noble roi de Rome
Jurons de vaincre et de mourir....
etc, etc....

Eh bien, c'est cette même cantate qui a reparu depuis à toutes les augustes naissances.

En 1820, à la naissance du duc de Bordeaux :

Si de l'étranger l'insolence
Un jour venait nous assaillir,
Autour du noble fils de France
Jurons de vaincre ou de mourir.

En 1839, à la naissance du comte de Paris :

Oui, si l'étranger dans sa haine
Un jour venait nous asservir,

Autour du jeune fils d'Hélène
Jurons de vaincre ou de mourir.

Qu'une nouvelle dynastie succède à la branche d'Orléans (ceci est une hypothèse toute gratuite), et vous entendrez notre poëte s'écrier au vingt-et-unième coup de canon qui annoncera l'arrivée d'un nouveau prince en ce monde :

Si l'étranger dans sa furie
Un jour voulait nous asservir,
Autour du fils de la Patrie
Jurons de vaincre ou de mourir.

Les serments ne coûtent absolument rien au poëte dynastique ; — en revanche, ils lui rapportent beaucoup.

LE POËTE ACADÉMIQUE.

—

VOILA encore un poëte d'une physionomie bien tranchée et dont la race se perdra comme celle des carlins, si l'on n'y fait pas attention. — Il ne s'agit pas ici de ce poëte amoureux des trois unités d'Aristote, qui siége dans un fauteuil plus ou moins élastique au sein d'une académie quelconque ; nous voulons parler de cet éternel lauréat qui passe sa vie à recueillir des palmes, à moissonner des couronnes et à vendanger des mentions honorables dans les quatre-vingt-six départements qui ont l'avantage de composer le beau pays de France.

Le poëte académique est le commis-voyageur de l'art; il passe sa vie sur les impériales de diligences, et fabrique ses poëmes entre une malle et un paquet. Il concourt partout où il existe quarante mortels très-vieux et très-laids, érigés en tribunal littéraire. Que le clairon poétique retentisse à Carpentras ou à Brives-la-Gaillarde, aussitôt notre paladin, arrivé par la diligence Laffitte et Caillard, se précipite, armé de toutes pièces, dans l'arène académique. Vainqueur ou vaincu, il poursuit sa route et vole à de nouveaux combats. Son héroïsme n'est jamais en défaut, son ambition n'est jamais satisfaite; les couronnes tombent sur sa tête de toutes parts, les palmes fleurissent en foule à sa boutonnière. les médailles de toute grandeur lui sont accordées, les mentions honorables les plus variées lui arrivent du midi et du septentrion, et cependant il rêve encore d'autres couronnes, d'autres médailles, d'autres palmes et d'autres mentions. Il est insatiable comme toutes les natures énergiques, et gagne, bon an mal an, de deux à trois mille francs à ce rude métier.

Il ne dispute pas seulement les différents prix proposés par les académies plus ou moins littéraires dont la France est ornée, il se fait encore adjuger certaines petites rétributions à titre d'encouragement par des sociétés d'agriculture, dont les membres, qui ont bien soin de ne jamais étudier aucune question utile et sérieuse, s'occupent à chanter Vertumne et Pomone dans des alexandrins alignés comme des soldats de plomb. Il court aussi les congrès scientifiques; imposantes réunions, composées de messieurs décorés de Paris et des départements, qui se réunissent chaque année tantôt ici, tantôt là, sous le prétexte d'opérer une décentralisation provinciale à laquelle ils ne croient pas eux-mêmes, mais en réalité pour parler chacun à son tour, et surtout pour dîner en famille. Grâce à cette existence nomade et cosmopolite, le poëte académique continue à faire de très-mauvais vers, mais il a fini par acquérir des connaissances assez agréables. Il n'est personne au monde qui n'ignore moins que lui les productions littéraires et gastronomiques de notre féconde patrie. Il a retiré de ses voyages départementaux des impressions profondes, et des notions importantes sur l'art et la cuisine. Il sait,

par exemple, que Marseille se distingue parmi ses sœurs du Midi par la multiplicité de ses poëtes et l'excellence de ses bouillabaisses; que Bayonne cultive avec bonheur le genre élégiaque et les jambons, et que les truffes et le vers satirique se rencontrent plus particulièrement à Périgueux. Il possède aussi mille petits talents de société qu'il doit à la fréquentation des commis-voyageurs, ses compagnons de tables d'hôtes. Il ingurgite un verre de vin de champagne d'un seul coup, fait dix calembours à la file, et rend la fumée de son cigare par les yeux et les oreilles. Le poëte académique mérite d'être encouragé, et a droit à toutes nos sympathies. Nous appelons sur lui la sollicitude d'un gouvernement juste et ami des arts.

LE POËTE DE SALON.

Il y a quelques années, l'album trônait en maître sur les consoles des maisons aristocratiques; une femme à la mode avait son album comme du temps de Louis XV une duchesse avait son griffon. — Aujourd'hui le griffon est mort, l'album aussi. — Pleurons le griffon.

C'était là le bon temps des poëtes de salon;

ils étaient choyés, chéris, recherchés de toutes parts; les maîtresses de maison leur lançaient des regards assassins, pour qu'ils eussent à parapher leur signature, comme M. Prudhomme, sur le vélin d'un album cramoisi ou ventre de biche. — Les artistes en bas âge dont le talent plein d'espérance ne s'exerçait encore que sur des nez ou des oreilles, et les collégiens imprudents qui avaient commis un feuilleton dans un journal solitaire, n'étaient pas entièrement privés de cette faveur. — A cette époque, tous les Français étaient égaux devant un album.

Le matin, lorsque vous étiez encore étendu dans votre lit, votre domestique (qui n'a pas un domestique?) entrait d'un air mystérieux, et vous remettait une lettre apportée par un chasseur galonné sur une quantité de coutures, de la part de madame la comtesse de B., de C., de G., ou de toute autre initiale. Vous preniez la lettre satinée et embaumée; votre cœur battait avant de l'ouvrir; vous rêviez déjà une bonne fortune, la conquête d'une grande dame. Enfin, vous rompiez le cachet, et vous lisiez :

Monsieur,

Seriez-vous assez bon pour vouloir bien écrire

quelques vers sur mon album? je vous serais très-reconnaissante de cette gracieuseté.

Agréez, etc.,

La comtesse de B., de C. ou de G.

Vous vous leviez en colère, vous preniez l'album, et vous écriviez une romance ou un poëme épique entre un paysage de M. Lacaille et une dissertation palingénésique de M. Barbanchu.

C'est au poëte de salon que vous étiez redevable de cet avantage; car c'est lui qui a inventé l'album.

Un jour, M. Hugo, en rentrant chez lui, trouve chez son portier un album que lui avait envoyé un Monsieur nommé Guillot. Le poëte ouvre machinalement cet album, et tombe sur des vers de M. Guillot; il tourne la page, et revoit des vers de M. Guillot; il tourne encore, autres vers du même Monsieur, et ainsi de suite jusqu'au dernier feuillet exclusivement. Une seule page avait été respectée; elle était réservée aux vers de M. Hugo.

M. Hugo ne se fit pas prier, et traça ce distique :

Il aurait volontiers écrit sur son *chapum* :
C'est moi qui suis Guillot, berger de cet album.

VICTOR HUGUM.

Quelques salons retardataires ont cependant conservé l'album. C'est dans ces salons que l'on rencontre plus particulièrement le poëte qui nous occupe. — Lorsqu'il pénètre pour la pre-

mière fois dans une de ces réunions antédiluviennes, il a soin de laisser planer sur lui quelques soupçons littéraires. — Vite la maîtresse de maison vient à lui, et le prie d'enrichir son album de quelques beaux vers de plus. — Le jeune homme se redresse, et demande trois secondes de réflexion pour improviser un sonnet ou un dithyrambe, au choix; alors on fait passer le jeune poëte dans un cabinet, et on lui donne cinq minutes pour se recueillir.

L'improvisateur, ainsi livré à lui-même, se couche sur un divan, se fait des grimaces dans la glace, rajuste ses cheveux, ou s'occupe à jongler avec les chandeliers. Au bout des cinq minutes, il prend un air inspiré, rentre au salon, et écrit sans rature un sonnet qu'il tient en réserve pour ses petites improvisations de société. Ce sonnet est ainsi conçu :

A ma chère vicomtesse de C...

Lorsque vous revêtez vos longs habits de fête
Pour aller vous montrer dans les bals chaque soir,
Avec de blanches fleurs autour de votre tête,
Et des regards bien doux dans votre grand œil noir,

Ah! vous ne savez pas quelle idée inquiète
Comme un brûlant remords sur mon front vient s'asseoir
Il me semble toujours, bel ange du poëte,
Que pour l'éternité je ne dois plus vous voir;

Et je passe mes nuits près de votre demeure,
Écoutant au cadran sonner l'heure après l'heure;
Et quand vous revenez du bal, je suis joyeux,

Car je me place alors dans un endroit bien sombre,
Et je vous sens glisser, légère comme une ombre,
M'enivrant du parfum qu'exhalent vos cheveux.

Les messieurs et les dames, ébahis à la lecture de ce sonnet improvisé, regardent le jeune homme comme un être à part, et le comparent à M. de Pradel ou à M. Luidgi Ciconi.

Il y a d'autres poëtes de salon, qui ne se risquent jamais au delà du quatrain, et même du distique. On voit tout le long de ces albums des pensées neuves et consolantes dans le genre de celles qui suivent :

Les hannetons, fils du printemps,
Qui se nourrissent de verdure,
Font les délices des enfants
Et l'ornement de la nature.

Napoléon a traversé l'Afrique,
Il est certain qu'il y croît des lauriers (*bis*).

Il se rencontre même parmi ces poëtes des génies indépendants qui, se débarrassant des entraves de la mesure et de la prosodie, écrivent des hardiesses de ce genre :

Mon Dieu! que le printemps est donc une saison dé-
[lectable!
On y voit naître toute espèce de fleurs.
L'aspect de la campagne est vraiment très-agréable
Avec ses champs de toutes les couleurs.

Le poëte de salon fait son chemin par les femmes, et il arrive quelquefois à l'Académie.

LE POËTE RÉBUSIEN.

—

VOILA bien le plus simple, le plus modeste et le moins trompeur des enfants d'Apollon. Il n'a jamais commis de volume d'aucune espèce ; son nom n'a jamais figuré à la quatrième page des journaux, entre la pommade d'ours et les biberons en caoutchouc. La réclame lui est inconnue, et les trompettes du journalisme n'ont jamais célébré sa gloire dans les feuilletons menteurs. — Il a laissé passer les uns après les autres tous les systèmes littéraires ; il a assisté avec la même indifférence philosophique à la décadence du classique et à l'aurore du romantisme. Il est resté froid devant *Hernani* et *la Tour de Nesle*, et jamais il ne lui est venu dans l'idée de mettre le nez à la fenêtre pour voir à quel vent tournait la girouette de la poésie ; — il laissait les écoles rivales se lancer à la tête des articles de revues et des banquettes de parterre, le *Constitutionnel* pointer contre *la Presse* la grosse artillerie de ses colonnes, et M. Granier de Cassagnac rompre des lances contre Jean Racine en faveur des Pradons du dix-neuvième siècle. — Pendant que tout ce vacarme se faisait autour de lui, que le drame moderne, ce parvenu de mauvais goût, grimpait sur les épaules de la tragédie impériale ; que les partis enterraient leurs morts ou sonnaient du clairon ; que M. Hugo prêchait, que M. Dumas *feuilletonisait*, et que M. de Jouy radotait, *lui*, calme comme l'homme d'Horace, composait tranquillement, dans l'arrière-boutique d'un confiseur de la rue des Lombards, des distiques mielleux, sucrés, savoureux et troubadours, — il emmaillottait ses bonbons de sentences amoureuses, et *enrubannait* de rébus *sentimentals* le primitif Mirliton, ce journal innocent à la portée de toutes les intelligences, et qui a les cinq parties du monde pour abonnés. — Voilà ce qu'il faisait, ce grand poëte inconnu, qui méprise la gloire au point de ne jamais signer ses productions florianesques ou anacréontiques; et ce qu'il faisait hier, il le fait aujourd'hui, il le fera demain, toujours et sans cesse, sans cesse et toujours. — Et personne n'a parlé de lui, nul critique n'est venu le prendre par la main pour le montrer au grand jour, cet artiste modeste, dont les vers sont reçus dans la mansarde du pauvre et dans les salons des riches, et qui, pour prix de ses travaux, ne demande ni réputation, ni gloire, ni richesse. — O poëte rébusien! ô grand homme! il y a au bout du pont des Arts un palais gardé par quatre chiens de bronze et une sentinelle, — ce palais s'appelle l'Institut..., et dans ce palais il n'y a pas un fauteuil pour tes vieux jours..., toi qui, sous le prétexte de bonbons et autres douceurs, as fait pénétrer la langue française jusque dans les forêts vierges de l'Amérique du Sud!... Que dis-je? et la croix d'honneur ne brille pas seulement à ta boutonnière, ô Béranger du diablotin! ô Pindare de la papillote!

Ce n'est pas tout. — Il n'est pas un poëte au monde qui ait rendu plus de services à l'estimable classe des amoureux. — Quand un amant envoie des bonbons à sa belle, croyez-vous donc que ce soit dans le seul but de lui faire savourer silencieusement des pralines, de la pistache ou du caramel ?—Pas le moins du monde.—La pistache et le sucre de pommes ne sont que des accessoires,—accessoires agréables si vous voulez ; — mais le motif, le vrai motif de l'envoi, c'est le rébus qui sert d'enveloppe, le rébus innocent et dangereux tout à la fois, qui remplace la lettre avec tant d'avantage, — qui exprime tous les sentiments du cœur, qui jure une constance éternelle, qui promet un bonheur sans nuage et des jours filés de soie et de dragées. — Aussi voyez avec quel empressement la jeune fille, lorsqu'elle se croit seule, dépapillote le bonbon symbolique et sentimental qui vient de lui être remis ! — Elle commence par porter la praline à sa bouche, c'est vrai, mais c'est par habitude, et pour s'en débarrasser... Avec quelle anxiété elle lit la devise, qui veut dire tant de choses ! Tantôt c'est un distique ainsi conçu :

Je ne vois rien d'aussi joli
Qu'un mariage bien uni.

Quelquefois c'est un quatrain :

Si c'est un crime de s'aimer,
Ensemble rendons-nous coupables ;

Les dieux se laissent désarmer
Quand les fautes sont pardonnables.

Et d'autres pensées toutes plus ingénieuses les unes que les autres, dans le genre de celles qui suivent :

Ma devise est de vous aimer,
Et de ne jamais changer.

Je suis aimé! quel sort plus doux,
Sinon que d'être votre époux!

J'éprouve en vous aimant
Tout ce que l'amour a de charmant.

Pour les amants craintifs et respectueux, le poëte a soin de tracer des vers moins hardis, mais non moins éloquents :

Je me connais trop pour vous dire
Que c'est pour vous que je soupire.

Que d'intrigues péniblement commencées n'a-t-il pas menées à bonne fin à l'aide de cette poésie facile et universelle, l'excellent artiste! Que de nœuds gordiens amoureux n'a-t-il pas dénoués avec ses rébus galants, ses sentences doucereuses et ses devises passionnées, pendant que les Antony du drame moderne, jouant du poignard ou du pistolet, se faisaient mettre à la porte du cœur de leurs belles, comme des chenapans! — O mon poëte de prédilection! je demande qu'on vous élève une statue sur une place publique quelconque, et, en mémoire des nombreux services que vous m'avez personnellement rendus, je m'inscris en tête de la souscription pour la somme de cinquante centimes!

LE POËTE PROLÉTAIRE.

—

DEPUIS qu'on a prétendu que la poésie était morte, chacun s'est mis à rimer plus ou moins pour prouver sans doute que cette assertion était fondée, et qu'il ne nous restait plus qu'à creuser des canaux et à fabriquer des machines à vapeur; ce n'était pas assez des gens dont le métier est d'aligner des alexandrins, des bayeurs aux corneilles, des hurleurs à la lune et des lazzaroni parisiens qui cherchent leurs rimes dans les flâneries du boulevard; ce n'était pas assez des collégiens de quatorze ans, des *bas-bleus* délaissés, des jeunes filles incomprises, des académiciens édentés et des héros de cours d'assises, — la manie de rimer a troublé toutes les cervelles, a pénétré dans toutes les classes, a escaladé tous les étages. Tout le

monde crie à bas les vers, mais chacun ne désigne par là que les vers de son voisin, et demande pour les siens silence et attention.... Il y a des faiseurs, il n'y a plus de lecteurs... le lecteur s'en va de plus en plus; — donnez un lecteur à un poëte, et il le paiera très-cher.... s'il a de la monnaie dans sa poche.

Les choses en sont venues à ce point, que les bottiers, les tailleurs, les boulangers et les chapeliers ont envahi le sanctuaire de la Muse. — Depuis que M. Reboul, le boulanger de Nîmes, a eu la funeste inspiration de faire marcher de front Apollon et le pain de quatre livres, la pâte ferme et l'élégie, le poëte prolétaire a surgi de tous les ateliers, et a raboté dans tous les sens cette malheureuse langue française qui était digne d'un meilleur sort assurément. — Depuis ce temps, tout a été de mal en pis; — les vers de ces messieurs sont exécrables, c'est vrai, mais votre pain n'est pas cuit, ma botte me fait mal, son habit ne lui va pas; — vous demandez à votre bottier de corriger un défaut de votre chaussure, et son esprit est justement occupé pour le moment à poursuivre dans le lointain de ses combinaisons métriques une rime récalcitrante, ou un hémistiche entêté. — Alors vous maudissez celui qui, dans un moment de désœuvrement, inventa la versification, et vous trouvez le lendemain sur votre table le mémoire de votre tailleur servant d'enveloppe à son dernier ouvrage.

Et remarquez que le public, ce débonnaire public dont je ne voudrais pourtant pas dire de mal, est le premier à encourager tous ces travers; c'est son admiration béate qui a fait éclore tous ces bâtards de la poésie. Qu'un tanneur ou un menuisier quelconque se mette à coudre des lignes mal rimées les unes au bout des autres, ce qui est beaucoup moins difficile, quelquefois, que de bien travailler du bois, ou une peau de mouton, et aussitôt on ouvre une souscription en sa faveur, on le prône comme une merveille, on lui adresse des épithalames auxquels il ne manquera pas de répondre, soyez-en sûr; et l'on passe, heureux et la conscience tranquille, auprès d'un vrai poëte qui s'en va mourir à l'hôpital.

Nous ne savons plus quel homme d'esprit a demandé que le gouvernement guillotinât au moins une centaine de comédiens par année, afin qu'on ne vît plus sur la scène que des hommes irrésistiblement poussés par leur vocation, et non des gens de métier qui apprennent des rôles comme d'autres font des parapluies. Si un gouvernement protecteur des arts prend jamais en considération cette demande juste et raisonnable, nous le prions de suivre le même procédé à l'égard des poëtes ; l'art y gagnera et la société n'y perdra rien.

Rien ne nous semble plus ennuyeux et plus insupportable que ces soi-disant poëtes prolétaires qui, sous le prétexte qu'ils savent à peine lire et qu'ils manient l'aiguille ou le rabot, font des vers dans le genre de M. de Lamartine, et tâchent d'exprimer dans une langue qu'ils ne comprennent pas des idées qu'ils comprennent moins encore. L'art est essentiellement grand seigneur. S'il se rencontre un ouvrier qui ait du génie, qu'il laisse l'enclume et la scie, et qu'il prenne la plume ; mais que l'exception ne soit pas la règle, et qu'il ne suffise pas de ne rien savoir pour tout entreprendre et tout oser. A quoi sert d'ailleurs d'être tailleur ou cordonnier pour faire des vers comme un académicien?

Le poëte prolétaire n'est pas toujours ce bottier ossianique et ce tailleur élégiaque dont nous parlions tout à l'heure; on trouve aussi d'honnêtes ouvriers qui ne demandent pas l'aumône pour se faire imprimer tout vifs, et qui ne lâchent les écluses de leurs inspirations populaires qu'aux heures de loisir, à l'ombre d'une guinguette, au milieu de leurs camarades. Les vers de ces poëtes de bouchons, improvisés entre une rasade et un hoquet, sentent bien un peu le vin du cru qui les a inspirés ; mais si la forme est défectueuse, la pensée est presque toujours honnête et respectable. Ils courent d'ateliers

en ateliers, de guinguettes en guinguettes, de gosiers en gosiers, et, comme ils ne sont pas destinés à l'impression, la critique n'a rien à y reprendre. Nous livrons à nos lecteurs un de ces fragments épiques que nous avons recueilli de la bouche même d'un académicien de la Râpée :

Le p'tit tondu qu'est sur la place Vendôme,
D'puis qu'il est mort on n'en dit plus tant d'mal;
Quand il vivait encor, ce pauvr' cher homme,
On lui trouvait l' caractère inégal...
Y en avaient mêm' qui le trouvaient brutal.
Français! Français! respect à c'lui qu'on pleure,
Nul n'est parfait mêm' parmi les géants;
Et s'il avait quéq'fois d'mauvais quarts-d'heure,
Faut dire aussi qu'il avait d'bons moments.

A la bonne heure! cela n'est pas très-fort, mais c'est franc, mais c'est ouvrier, et c'est parfaitement compris des masses buvantes et chantantes; j'aime bien mieux ce naïf hommage à la gloire du grand homme que les *premiers rêves* de M. Mazu le tisserand, ou les *derniers soupirs* de M. Durand le charpentier.

LE POËTE HURLEUR.

Le poëte hurleur est tout à fait contemporain ; il date de la révolution de Juillet ; ce doit être quelque chose comme un héros désappointé dont on n'a pas récompensé la valeur; il ne se montre jamais que la colère dans les yeux, l'injure à la bouche, et le fouet à la main; il frappe à droite et à gauche, à tort et à travers, de ci et de là. A califourchon sur son alexandrin, il chevauche, dans ses accès d'épilepsie, au beau milieu des réputations du jour, broyant les hommes et les choses. Clic, clac, le voilà parti, gare devant!... Il passe comme une trombe, il s'élance comme une avalanche, il se précipite comme un torrent; il renverse dans sa course les chênes politiques et les peupliers littéraires; c'est le mistral, le simoun et le siroco réunis. Son âme est un volcan dont le cratère toujours béant lance, en guise de lave, des injures sur la tête des sommités gouvernementales; il dépèce les gloires, anatomise les noms propres, pulvérise sous son pilon de fer les dignitaires de toute sorte, et s'écrie, pâle de fureur:

Honte et malheur à vous, hommes prostitués!
Qui dans tous les bourbiers vous êtes pollués;
Lâches adorateurs de tout pouvoir qui monte,
Et caparaçonnés d'une sanglante honte.
Je saurai, vous traînant sur le rouge échafaud,
De mon vers à vos fronts incruster le fer chaud,

Sectateurs du veau d'or, Judas Iscariotes,
Qui trafiquez du sang des plus saints patriotes...
Ne verrons-nous jamais, ô peuple souverain !
Râler tous ces chacals sous ta griffe d'airain !...
Pas une main, pas une, en ces temps faméliques,
Qui ne se soit souillée en nos foires publiques.
Partout la lâcheté. Honte et malheur! *Je veux*
Souiller d'un vil parfum ma barbe et mes cheveux.

Aristophane, Archiloque, Perse, Juvénal,

Daubigné, Régnier, sont des poëtes bucoliques, comparés au poëte hurleur. Les lecteurs naïfs qui ne le jugent que sur ses aboiements lyriques, doivent le regarder comme un ogre malfaisant qui mange au moins trois petits garçons à son déjeuner en façon de biftecks ; mais, vu de près, il prend des proportions plus humaines, et il se trouve ordinairement que c'est un jeune homme très-doux qui se bat les flancs pour faire une indignation qu'il ne ressent pas, et dont il se dépouillera tout à fait à la première position qu'on voudra bien lui offrir.

LE POËTE CHANSONNIER (race éteinte).

—

ENCORE une grandeur déchue ! encore une étoile qui file ! encore un poëte qui s'en va !.... *Quantum mutatus ab illo !* O Désaugiers ! ô Panard ! ô Collé ! ô Brazier ! où êtes-vous? A quels indignes successeurs avez-vous confié le sceptre de la chanson autrefois si populaire, de cette chanson joyeuse et bonne fille qui ne mettait pas huit jours pour faire le tour de tous les gosiers de France?... Je ne parle pas de la chanson politique, inaugurée par Béranger (M. Dupin a dit que les chansons de Béranger étaient des odes, ce qui semblerait impliquer que leur auteur rentre dans la classe des pindariques); mais je demande ce qu'est devenu ce chansonnier vert-galant mangeant souvent, buvant sans cesse, ne jurant que par Momus, Bacchus et Comus; ce chansonnier de l'ancien Caveau, conservateur des *lon lan la*, des *landerirette* et de *la faridondaine*; ce chansonnier parasite qui dînait en ville quatorze fois par semaine, qui avait un couplet pour toutes les fêtes, un refrain pour toutes les noces et des *flonflons* pour toutes les circonstances?... Sa présence animait les banquets : il n'avait qu'à paraître pour exciter la joie, qu'à desserrer les lèvres pour désopiler les rates complaisantes, qu'à chanter, en un mot, et tous les convives, transportés, l'accompagnaient avec leurs pieds, avec leurs couteaux, avec leurs verres, avec tout ce qui leur tombait sous la main. C'était là le bon temps, le temps joyeux, où la folie agitait ses vieux grelots, où les derniers scrupules sautaient au plafond avec les bouchons de champagne, où l'on riait à corps renversé, la bouche toute grande ouverte, sans s'embarrasser de la veille ni du lendemain. Mais, que

voulez-vous? tout passe, tout s'en va, les dieux, les rois et les chansonniers..... Momus, Comus, Bacchus, ont pris la fuite devant tout notre attirail constitutionnel. Alors sont arrivés les chemins de fer, les chartes, les révolutions et la réaction catholique. Alors les airs rébarbatifs, les grandes barbes et les cheveux mérovingiens. Adieu la joie, adieu la gaieté, adieu la chanson, adieu tout ce qui constituait cette vieille France si folle, si pimpante, si spirituelle, si joyeuse, et quelque peu libertine!... Nous nous sommes faits sérieux, blasés, ennuyés, dégoûtés; nous avons hurlé à des drames féroces, applaudi à l'horrible; nous avons fait des orgies échevelées avec des femmes de trente ans, et nous avons attrapé des gastrites.

Le dernier de ces chansonniers qui vient de mourir ces jours-ci, Aude, l'auteur des *Cadets-Roussels*, avait une singulière manière de mesurer le carré des distances. Du café des Variétés à la Bastille, disait-il un soir, il y a dix petits verres et trois cigares. Pour lui, le petit verre remplaçait le kilomètre avec avantage.

La chanson a donc été engloutie dans le grand naufrage de la vieille gaieté française. Le Chansonnier, qu'on n'invitait plus à dîner nulle part, est mort de faim dans une mansarde en tâchant de jeter, comme les Gracques, de la poussière au ciel. Mais, hélas! cette poussière n'a pas été féconde; et nous nous obstinons à croire que le Chansonnier est mort, bien mort, très-mort, à moins qu'on ne désigne sous ce nom les auteurs des rapsodies populaires qui courent les rues, accompagnées par les orgues de Barbarie.

LE POËTE DE ROMANCES.

—

Si le chansonnier est mort, en revanche le poëte de romances se porte mieux que jamais. Il chante, comme par le passé, des banalités sentimentales qu'il a grand soin de faire rimer convenablement. Il publie dans le *Ménestrel*, ou le *Troubadour*, des petites lignes inégales, avec une marge de chaque côté, et il intitule ces productions lyriques, ***Brises du Soir***, ***Retour au Village***, ***A toi***, ***les Échos***, ***le Soleil de la Montagne***, ***les Soupirs***, ***Ma Chaumière***, ***le Chant du Klepthe***, ***le Chasseur tyrolien***, etc.

Depuis quelques années, le poëte de romances ne se contente plus de traduire en vers de huit syllabes les pensées les plus rebattues, pour la consommation des femmes vaporeuses et extatiques, il se livre encore à la chansonnette grivoise, dont un acteur est chargé de faire valoir le patois rocailleux sur un théâtre du boulevard, aux grands applaudissements d'un parterre parisien, le plus débonnaire et le plus accommodant de tous les parterres du monde. Ce poëte a le plus souvent une existence toute problématique. Nous en connaissons un qui, dans ses moments perdus, fabrique du cirage anglais. Le poëte de romances a toujours une mise élégante, et même recherchée; il est de toutes les soirées, et il signe hardiment sur ses cartes de visite, *Monsieur un tel*, *Romancier*.

LA DIXIÈME MUSE.

—

'EST sous la Restauration qu'elle a déployé ses ailes, la blonde jeune fille au regard velouté, à la pose antique, à la voix harmonieuse, et dont l'âme, fatiguée du prosaïsme de la vie, s'élançait à perte de vue dans les nuages d'or de l'infini. Chacun de ses vers était un oracle que la sibylle de dix-huit ans laissait tomber de son trépied sacré.—Ah ! c'était là le beau temps des

enfants sublimes et des prodiges à la mamelle ! Grèce fortunée ! elle t'a chantée lorsque tu combattais contre l'Osmanlis, qui t'apportait des fers! Glorieux fils des Hellènes, quel poëte a célébré comme elle les jeunes échos de Navarin? — Heureuse Rome! tu l'as vue courir le soir, par un beau clair de lune, échevelée et pâle, sous les arcades du Colysée, rêvant, comme Corinne, le triomphe du Capitole. — Et vous, lac de Genève, vous l'avez reçue aussi lorsqu'elle quittait l'*Italie, la belle Italie, la poétique Italie*; elle s'est promenée sur vos rives murmurantes, livrant aux brises amoureuses sa chevelure parfumée. — Appuyée sur son divin théorbe, elle fendait vos ondes dociles, ô lac immortel! comme la déesse Cythérée, dont elle semblait la fille, tandis que les Zéphyrs inquiets, voltigeant autour d'elle, poussaient sa nef vagabonde. Et quand elle revenait sur le sol sacré de la patrie, les élèves de rhétorique lui adressaient des stances, et quelles stances! Les académiciens déposaient leurs cartes chez son portier, et le *Journal des Débats* la proclamait la Muse de la Patrie, concurremment avec le *Constitutionnel*, qui depuis... mais alors la presse à 40 francs n'existait pas encore!

Hélas! hélas! comme le temps a fustigé cette gloire naissante de son aile impitoyable! Où êtes-vous, chants sacrés, dithyrambes enthousiastes, lyres plaintives, cythares hébraïques, harpes éoliennes? vous avez vécu ce que vivent les roses et la poésie des dixièmes muses.

Depuis cette époque, qui est déjà loin de nous, la dixième Muse s'est multipliée dans une proportion effrayante; elle a poussé sans culture, comme les champignons, dans les feuillets satinés des revues, dans les colonnes des feuilletons, et à la quatrième page des journaux. Elle a disputé pied à pied le terrain de la presse aux notabilités masculines; elle a eu ses éditeurs, son public et ses claqueurs; elle a fait du métier comme tout le monde, l'infortunée! elle a ravaudé des élégies, raccommodé des pastorales, rapiécé des satires; elle a chanté pour vivre après avoir vécu pour chanter.

La dixième Muse se fait reconnaître au premier coup d'œil. — Lorsqu'elle passe dans les rues, entre mille femmes vous la distinguerez. Ce n'est pas, au moins, qu'elle ait une auréole au front, comme on serait peut-être tenté de le croire; elle n'est, hélas! couronnée que d'un chapeau vulgaire, qui ressemblerait aux chapeaux de toutes les femmes s'il était plus frais. Mais on devine la présence de la Muse, *incessu patuit Dea*, à son air cavalier, à sa démarche retroussée, à sa robe passée de mode, et à ses souliers (j'allais dire à ses bottes) légèrement avariés. La Muse n'a pas le temps de s'occuper des vulgarités de la toilette..., ce qui fait que ses bas offrent souvent en différents endroits des solutions de continuité. — Elle ne descend pas à tous ces menus détails, à toutes ces petites misères de la vie positive; elle laisse aux autres femmes, aux femmes du monde, comme elle les appelle avec dédain, les occupations bourgeoises et le loisir de se mettre avec goût et avec grâce. Pour elle, son esprit est ailleurs, il plane dans les sphères de l'idéalité, dans les lointains espaces de la pensée, absorbé dans la contemplation des choses inconnues.

La dixième Muse donne généralement dans le genre intime; elle met le public dans la confidence des secrets de son ménage, elle lui raconte sa vie, qu'elle a soin d'encadrer dans une mise en scène habilement arrangée. Elle parle souvent de son mari, qu'elle représente toujours comme un être d'une désolante vulgarité, inaccessible aux élans du cœur. — Elle a été sacrifiée, pauvre innocente victime, à la cupidité de ses parents, et elle appelle de toute son âme l'être si longtemps rêvé qui saura la comprendre, et qui l'emportera enfin loin du contact des hommes, dans le désert du divin sentiment et dans la Thébaïde des émotions saisissantes.

Le mari de la Muse, ce même mari qui vaque

aux soins du ménage pendant que sa femme entretient un commerce adultère avec Apollon, doit se résigner à perdre tout à fait sa personnalité. — Supposez que ce Monsieur s'appelle Tartempion, on ne dira pas en le voyant : Voilà M. Tartempion, mais on dira : Voilà le mari de Madame Tartempion.—Le mari a perdu sa qualité d'homme ; il n'est que *la chose* de sa femme..., c'est-à-dire son premier domestique.

Aucun auteur ne s'entend mieux que la Muse à faire parler de ses ouvrages dans les revues et les journaux. Elle court chez les journalistes, qui peuvent difficilement résister aux prières d'une femme, quand bien même cette femme a les doigts tout tachés d'encre. Elle les invite à des soirées : elle leur donne des dîners, où elle n'épargne ni les coups d'œil suppliants ni les vins généreux ; elle ne néglige rien, en un mot, pour apaiser les Cerbères du feuilleton avec le miel de ses sourires et le gâteau de son éloquence. Si le journaliste tenait bon contre toutes ces batteries pointées contre sa conscience, elle irait, je crois, jusqu'à lui offrir le sacrifice de sa vertu, offre peu séduisante, du reste, si l'on considère que la plupart des dixièmes Muses, assez mal traitées de la nature sous le rapport de la beauté, sont, le plus souvent, fort embarrassées de cette même vertu.

Un feuilletoniste à qui une Muse avait adressé son dernier recueil à couverture nankin, et intitulé *Concert des Anges*, avec prière d'en faire l'éloge, jugea prudent de s'en abstenir. La dame furieuse le fit attaquer par un de ses confrères dans un autre journal. Le feuilletoniste, homme d'esprit, se contenta de lui envoyer cet épithalame :

O belle fille d'Apollon!
Heureux sont les yeux qui ton aventure lurent!
Ton livre, tous les hommes l'ont
Depuis qu'aux pieds de Dieu là-haut les anges l'urent.

Exegi monumentum, autrement dit, je suis arrivé au terme de ma physiologie, et je vais donner le manuscrit à Daumier pour qu'il *l'illustre* de son spirituel crayon. Je suis même assez modeste pour vous avouer à l'avance que je suis convaincu que les *illustrations* ne nuiront point au texte.

Il est plusieurs sortes de poëtes qu'on me reprochera peut-être d'avoir passés sous silence : ainsi je n'ai point esquissé la monographie du poëte de province.

Voici pourquoi :

Le poëte de province n'existe pas, à preuve que lorsqu'un poëte surgit dans son département, il se dépêche de dire adieu à sa Normandie, de prendre la diligence Laffitte et Caillard, et de tomber comme un obus au beau milieu de la boutique d'un libraire parisien. Victor Hugo est né à Besançon, Lamartine à Mâcon, et Barbanchu à Saint-Jean-Pied-de-Port.

La décentralisation est un grand mot composé de seize lettres qui a servi à défrayer pendant deux ou trois ans la presse départementale, mais qui n'a servi qu'à cela. Si encore la province ne nous expédiait que des poëtes comme les trois que nous venons de citer ! Mais comme a dit un poëte, M. A. de Chancel,

Il n'est fils de maraud, si mince en apparence,
Qui pour avoir été couronné du préfet
De son département, tout bouffi d'arrogance,
Ne tombe dans Paris essayer son effet.
Paris fait plus de mal lui tout seul à la France,
Que la peste, la guerre et *Vénus* n'en ont fait.
De là tous ces romans qui pleuvent par centaines ;

De là tout ce gâchis, honte des ateliers ;
De là tous ces Gilbert qui roucoulent leurs peines ;
Ces Chatterton crottés qu'on trouve par milliers.
Etc.

J'ai à peine parlé du poëte classique, parce que le poëte classique pur est mort depuis longtemps. Un *De profundis*, S. V. P.

Je crois devoir déclarer en terminant que je n'ai désigné personne dans les portraits qui viennent de passer sous les yeux du lecteur, et je proteste d'avance contre toute fantaisie de personnalité que l'on pourrait me prêter. Je ne voudrais me brouiller avec personne, surtout avec les poëtes et les journalistes, ces deux classes les plus honorables et les plus haineuses de la société dans laquelle nous avons le bonheur de vivre, sous le régime paternel et fort ennuyeux de la Charte constitutionnelle.

TABLE

DES MATIÈRES.

INTRODUCTION........................ V
Le Poëte Olympien........................ 9
Le Poëte Lamartinien........................ 29
Le Poëte Humanitaire........................ 39
Le Poëte Intime........................ 44
Le Poëte Touriste........................ 48
Le Poëte Catholique........................ 55
Le Poëte Biblique........................ 59
Le Poëte Cavalier-Régence........................ 62
Le Poëte Cavalier-Lara........................ 66
Le Poëte Dynastique........................ 71
Le Poëte Académique........................ 77
Le Poëte de Salon........................ 82
Le Poëte Rébusien........................ 89
Le Poëte Prolétaire........................ 96
Le Poëte Hurleur........................ 103
Le Poëte Chansonnier........................ 107
Le Poëte de Romances........................ 112
La Dixième Muse........................ 115

Typographie Lacrampe et Comp., rue Damiette, 2.

www.ingramcontent.com/pod-product-compliance
Ingram Content Group UK Ltd.
Pitfield, Milton Keynes, MK11 3LW, UK
UKHW020256250726
13967UKWH00004B/1722

9 782012 939745